恋するタイムトラベラー

愁堂れな

幻冬舎ルチル文庫

CONTENTS ✦目次✦

恋するタイムトラベラー

✦カバーデザイン＝chiaki-k
✦ブックデザイン＝まるか工房

イラスト・花小蒔朔衣✦

恋するタイムトラベラー

1

もしも時間を自在に戻すことができたら、後悔のない人生を送れるに違いない。

当たり前の話だ。後悔したらまた過去に戻ればいいんだから。でも一度しか戻れなかったら？　いつの自分に戻りたいだろう？

やっぱり高校に入学した頃か。いや、夏合宿あたりでもいいかも。あの合宿のあのときにもし勇気を振り絞ることができたら、人生が変わっていたかもしれないのだ。

戻りたいなあ――溜《た》め息《いき》を漏らしてしまっている自分に気づき、いけないいけない、と激しく首を横に振る。

現実逃避でしかない思考にいつまでもとらわれているのは、これから為《な》すべきことがそれこそ勇気を振り絞らなければならないようなものだったためだ。

二度と後悔しないために僕がしようとしていることとは――『告白』だった。

明日、高校を卒業してしまう上に、京都の大学への進学が決まっている原田雪哉《はらだゆきや》先輩に、二年間、抱《いだ》き続けてきた恋心をぶつけようと、卒業式のリハーサルのために久々に登校する先輩を、裏庭に呼び出していたのである。

原田先輩と初めて顔を合わせたのは今から二年前、僕が高校に入学したときだった。部活動のオリエンテーションで先輩が僕に『陸上部に入らない？』と声をかけてくれた、その瞬間にもう、恋に落ちていたのかもしれない。

『名前はなんていうの？』

『高柳《たかやなぎ》知希《ともき》です』

『高柳君か。ねえ、陸上、興味ないかな？』

原田先輩に声をかけられるまで僕は、吹奏楽部に入ろうと思っていた。どうしてもやりたいからというより、単に中学時代もそうだったからという安直な理由だったのだが、先輩に勧誘されたその直後、僕は陸上部への入部を決めていた。

『あの、僕、陸上は何もやったことがないんですが……』

『大丈夫。初心者でもやっていけるよ』

僕が教えるから、と先輩に言われ、その場で入部届けを出したのだが、やはり適性はなかったようで、二年間頑張ったが都大会にも出られないレベルに留《とど》まっている。

運動が苦手と思ったことはないが、得意とも感じたことはない。実力も素質も『そこそこ』では才能は開花しないということなんだろう。

それでも先輩に認めてほしくて、必死になって練習を頑張った結果、先輩たちの引退と同時に副部長に選ばれた。そんな器ではないので実は憂鬱なのだが、原田先輩に『あとは任せた。頑張ってね』と言われたのはとても嬉しかった。思い出すたびに涙まで込み上げてきてしまうほどだ。

因《ちな》みに僕の通う高校は男子校で、僕も先輩も男だ。男が男に恋するなんてと自分でも思うのだけれど、先輩への思いは尊敬や憧《あこが》れではなく、『恋』だった。

先輩のことを考えるとドキドキするし、目が合うと文字通り心臓が高鳴る。話しかけてもらえたりした日には、その夜眠れなくなるほど気持ちが昂揚《こうよう》した。これが恋じゃないというのなら何を恋と言えばいい？　と、まさにそんな感じなのである。

中学までは共学だったので、まさか自分が同性に恋する日がこようとは、思ってもみなかった。

さすが男子校とでもいおうか、疑似恋愛のような感じで『カップル』になっている生徒たちもいたから、今までも先輩に告白しようと思えばできたんじゃないかと思う。

事実、先輩に告白した生徒は僕の知る限り十人以上いた。先輩は皆に公平に、二年生までは『今は部活が大事だから』と、三年生になってからは『受験があるから』と丁寧に断っていたそうだ。

どうせ告白しても断られるだろうから——という思いはあった。が、それより何より、告白する勇気が出なかった。

それでも日々恋心は募り、もうお別れかと思うと我慢ができなくなった。

もし断られたとしても滅多に顔を合わせなくなるので、そう気まずくはないか、という打算が働いているあたり、我ながら人間が小さいとは思うのだが、うまくすれば今後も陸上部の先輩後輩という以上のつながりができるということに一縷《いちる》の望みを繋《つな》ぎつつ、なけなしの勇気を振り絞り、昨夜先輩のスマホにメールした。

卒業式の予行演習のあと、時間があったら裏庭の百葉箱の前に来てほしい。お話ししたいことがあるから、というメールを打つのに、三時間もかかってしまった。打ったあと、もし返事がなかったらどうしよう、とか、用事は何、と聞かれたら、とか、そもそも『他に用事がある』と断られたらどうしようと悶々《もんもん》とすること二分。

『了解。三時に裏庭で』

という、そっけなくはあるが了解の返事が来て、その後どきどきが止まらず、結局一睡もできなかった。

『好きです』

告白の言葉はそれに決めていた。何パターンも考えたが、どうせ一言くらいしか言えないに違いないと悟り、シンプル、かつ、一番自分の思いを表現できるものにしたのだ。

先輩はなんて答えてくれるだろう。告白されることには慣れているから、僕が告っても驚きはしないだろうが、二年間、同じ部にいたのに、とくらいは思われるかもしれない。

先輩の返事は多分——と予測してみる。

『ごめん、もう京都に行ってしまうから』

それに対する自分の返事まで僕は想定していた。

『ですよね。いいんです。言いたかっただけなので。京都でも頑張ってください』

結局、ふられて終わるに違いない。そこまでわかっているのならもう、告白しなくてもいいじゃないかと我ながら思わないでもないのだが、たとえ結果はわかっていても、気持ちを打ち明けないまま終わるのでは、後悔が残るに違いない、と、心を決めたのだった。

それに奇跡が起こらないという保証はない。一億分の一、いや、一兆分の一であっても可能性があるのならトライはしたい。

しかし原田先輩みたいな素敵な人が僕を好きになってくれる確率は、億、兆どころか京分の一かな、と溜め息を漏らす僕の脳裏に先輩の素敵な笑顔が浮かんだ。

陸上部の部長であり、生徒会長もつとめた。身長百八十五センチ、専門は走り高跳びでインターハイの入賞の常連だった。最高順位は五位だ。

文武両道、眉目秀麗《びもくしゅうれい》、明朗快活、誉《ほ》め言葉となる四字熟語はすべて、先輩に当てはまった。運動神経も抜群、頭脳は全国模試では常に十位以内に入るほど明晰《めいせき》である。その上性格もよく、上下同学年、すべてに好かれ、頼られる存在だった。先輩が生徒会長選にでることになったとき、対抗馬が一人も名乗りを上げなかったことがその証拠である。

顔も抜群にいい。作り込んだ感じは微塵《みじん》もない、爽やかなイケメンだ。

理性も知性もあり、同時にワイルドさも併せ持つ。きりっとした眉《まゆ》、涼やかな目元、通った鼻筋、厚すぎず薄すぎない形のいい唇、と、非の打ち所のない顔というのはこういう顔を言うに違いないと、容姿面でも誉め言葉しか出てこない。

そんな先輩に憧れる生徒は多かったが、前述のとおり先輩は皆からの告白を断り『フリー』の状態だった。規律には少々厳しい学校ではあるが、男女交際を全面的に禁止しているわけではないので、他校の女子とつきあっている生徒も多々いたが、先輩には彼女もいなさそうだった。

イケメンなのに品行方正。そこがまたいい、と人気は鰻登《うなぎのぼ》りで、在校生の間では早くも『伝説の先輩』になりつつある。

その先輩が僕の告白を受け入れてくれるわけがないよなと、改めて落ち込んでしまいながらも、一京分の一の奇跡を望み、約束より五分前の午後二時五十五分、僕は待ち合わせ場所の裏庭に到着した。

「…………あ…………」

百葉箱前にはすでに先輩がいた。すみません、と慌てて駆け寄らなかったのは先輩が一人じゃなかったからだ。

先輩と一緒にいたのは僕もよく知る人物だった。同じ陸上部の後輩だ。一年生の中でも目立つ存在で、名前は松岡珠里《まつおかじゅり》という。

僕と同じ、短距離の選手だが、『目立つ』のは選手としてではなく、存在自体が理由だった。というのも珠里という名前もなんとなくきらびやかな印象のある彼の容姿もまたきらびやかだったのである。

今年の新入生に絶世の美少年がいる。入学式と同時にその噂《うわさ》は二年、三年の間で駆け巡った。僕も友達に誘われ、こっそり見に行ったクチだが、珠里の噂に違《たが》わぬ美貌《びぼう》に思わず見惚《みと》れたものだ。

ハーフかクオーターなんじゃないかと思われる、色白のまるで外国の美少女のような、華やかな美貌の持ち主である。

ビスクドールというんだったか、あの陶器の人形となんとなく印象がかぶった。色素が全体的に薄いのか、髪も目も茶色がかっている上、天然パーマとのことで髪の毛が可愛らしくカールしている。

零《こぼ》れ落ちそうな大きな瞳《ひとみ》を縁取る睫《まつげ》は長く、ピンク色の唇は本当に愛らしかった。部勧誘のオリエンテーリングでも彼の周りには勧誘の上級生たちの人垣ができてしまったくらいだったのだが、その絶世の美少年はどの部の勧誘にも乗ることなく、柔道部や剣道部、それにラグビー部等の猛者《もさ》たちが作る人垣に臆《おく》して近寄れずにいた我らが陸上部に彼のほうから、

『入りたいんですけど』

と声をかけてくれたのだった。

もしかしたら強引な誘いに辟易《へきえき》していたのかもしれない。それが入部の理由だったのではと、思ったのは、彼もまた僕同様、陸上には向いていないのではないか、と思われる節があったためだ。

僕はともかく、彼のタイムが伸びないのは、体格的な問題なんじゃないかと思う。身長は百六十三センチ、華奢《きゃしゃ》という表現がぴったりくる体型で、そのせいかスタミナがあまりない。中学生といっても通ってしまうようなのだが、本人にとってはコンプレックスらしく、毎日何本も牛乳を飲んでいるという話だった。

そんな姿も可愛らしいと、部内でも人気者なのだが、その珠里がなぜ先輩と？　驚いたせいで僕は反射的に校舎の陰に身を隠してしまった。

隠れてから、別に疚《やま》しいことはないじゃないかと気づき、声をかけようと身を乗り出したそのとき、思い詰めた珠里の声が響き、何事か、と僕は再び校舎の陰に身を潜めた。

「あの、先輩……っ」

「どうしたの？　珠里。話って何？」

先輩はいつものようにかっこよかった。優しげに微笑《ほほえ》み緊張している様子の珠里に問いかける。

陸上部では皆、名字で呼び合うのだが、二年生に『松岡』という彼と同じ名字の生徒がいたため、珠里は名前で呼ばれていた。

現に僕も彼を『珠里』と呼ぶ。が、先輩が珠里の名を呼んだとき、どき、と嫌な感じで鼓動が高鳴った。

思えば、三年生と一年生はあまり交流がないこともあって、先輩と珠里が二人で話している場面に今まで遭遇したことがなかった。

それにしても二人、絵になる。美形二人が揃《そろ》うと物凄《ものすご》い迫力だ。胸に立ちこめる嫌な予感から無意識のうちに目を逸《そ》らそうとするあまり僕はそんな、自分でもわけがわからないとしかいいようのないことをぐるぐると考えていた。

「原田先輩」

珠里が真《ま》っ直《す》ぐに先輩を見つめ、先輩もまた珠里を見つめ返す。この雰囲気はやはり、と僕の胸の中で嫌な予感が最高潮に達したとき、珠里が口を開いた。

「先輩、僕と付き合ってください」

やっぱり——悪い予感ほど当たるものだが、まさにドンピシャ。当たってしまった。思わず、ああ、と溜め息を漏らしそうになり慌てて唇を引き結んで声を堪《こら》える。

「…………」

僕のいる場所からの角度だと、先輩の顔も珠里の顔も、横顔ではあるがよく見えた。珠里は思い詰めた表情をし、殆《ほとん》ど睨《にら》んでいるような目を先輩に向けている。

一方、先輩は、啞然《あぜん》とした顔をしていたが、すぐその顔が笑みに綻《ほころ》んだ。

どき。

先ほどが嫌な予感の『最高潮』だと思っていたが、更に上があった。この『嫌』っぷりからすると、必ず予感は当たる。したくもない確信を抱きつつ僕は先輩の口が言葉を発する、その瞬間に目が釘付けになっていた。

先輩がにっこりと微笑み、珠里に向かって頷《うなず》いてみせる。

「ありがとう。嬉しいよ」

そのあと――そのあと『でも』と続くのを僕は待った。先輩に告白した際、まず彼が口にするのは礼で、次に『でも』と断りの言葉が続くと聞いたことがあったためだ。

『でも、ごめんね』

そして断りの理由を述べる。今なら差し詰め、

『大学は京都だから。滅多に会えなくなるし』

というところだろう。

早くそれを言ってくれ、と祈りながら先輩を見る。が、先輩の口はいつまで待っても『でも』という言葉を告げなかった。

「珠里」

『でも』と断るどころか先輩は珠里の両肩に手を置き、顔を近づけていったのだ。

『うそだろっ』

絶叫しそうになり、またも慌てて唇を噛《か》む。

「あ、あの、先輩。もしかして、つ、付き合ってもらえるんですか？」

珠里が戸惑いの声を上げ、先輩から一歩下がる。次の瞬間、僕は、先輩の口からは決して聞きたくなかった言葉を聞くことになったのだった。

「うん。付き合おう。僕も君のこと、ずっと可愛いと思ってたんだ」

「…………………」

うそだろ――――!!!

心の中では絶叫していたが、ショックが大きすぎて言葉は少しも出なかった。

先輩が珠里の告白をオッケーした。今まで一人として告白を受け入れたことがなかったというのに。

そんな馬鹿な。これは夢か？　夢ならとびきりの悪夢だ。早く目を覚まさなきゃ。

――と、いくら現実逃避をしたところで、実際僕は今目にしているのが紛うかたなき現実であると、頭のどこかでは認識していた。

「珠里……」

少し恥ずかしそうな顔をした先輩が、立ち尽くす珠里の上腕を摑《つか》み己のほうへと引き寄せる。

「あっ」

バランスを失い、珠里が先輩の胸に倒れ込んだ。華奢なその背に先輩の両腕が回り、きつく抱き締める。

「……珠里……」

先輩が優しい声で珠里の名を呼ぶ。先輩の声音はいつも以上に優しく、そして——セクシーだった。

「………先輩………」

珠里の顔が強張《こわば》っているのは緊張しているせいだろう。声も固い。が、そこがまた初々しくて、彼の可愛らしさを際立たせている。

ごくり。

かなり距離があるから実際聞こえたわけではないが、先輩の喉《のど》が上下したのが見えたせいで、僕の耳は彼が唾《つば》を飲み下す幻の音を聞いた。

生唾を飲み込む、という表現は確か、ほしくてたまらない気持ちの比喩《ひゆ》だったが、今、先輩は自身の腕の中で緊張に身体《からだ》を強張らせている珠里が『ほしくて』たまらないようだった。

「珠里………」

掠《かす》れた声で名を呼んだと同時に、ゆっくりと顔を珠里の顔へと近づけていく。

キスしようとしている。察したと同時にそんな状況を見ていることに我慢できず、僕はその場を駆け出していた。

足音がし、二人には気づかれたかもしれない。が、そのことに僕が気づいたのは裏庭を突っ切り、第二校門から外に駆け出したあとだった。

学校の裏手にある第二校門の前は傾斜のややきつい坂道になっており、坂の上から降りてくる自転車のスピードがかなり上がることから、歩行者は脇に設置された階段を利用するのが推奨されていた。が、その割りにこの階段がまたメンテされておらず、石畳のところどころが欠けているため、気を抜くと蹴躓《けつまず》く危険があった。

幅も狭いことから、階段を使う人間はあまりいない。が、僕は下りの坂道だと滑りそうになるのが怖くて、人が使わない階段を使うのが常だった。

誰が言いだしたのか、この『階段』には『怪談』といってもいいような伝説？ もあった。五十段近くある長い階段なのだが、階段を降りきるまでに心の中で五回願い事を繰り返すとその願いがかなうというのである。だがそのかわりに自分にとって二番目に大切なものが失われる、という、あとからとってつけたような交換条件もあった。

なぜ一番じゃなくて二番なのか。その辺の疑問がある上に、この『交換条件』部分は特に長年言い伝えられているというよりは思いつきのようにしか感じられない噂なので、誰も本気にはしていない。

それでも僕は時折、二番目に大事なものってなんだろうと思いながらも、たまに裏門から出るようなときには『先輩と両想いになれますように』と心の中で五回繰り返し階段を降りていた。

だが勿論《もちろん》今日はそんな余裕があるわけもなく、裏門を飛び出し階段を駆け下りる。

もしも心に余裕があったとしたら、僕の願いはただ一つ——『これが夢でありますように』それのみだった。

先輩が珠里の告白を受け入れたなんてこと、信じたくなかった。第一、あの場にいたのは珠里じゃなく僕だったはずだ。僕が先輩を百葉箱の前に呼び出したのに、なぜ先に珠里が来ていたんだ？

あの場で告白していたのは僕だったはずだ。

『先輩、ずっと好きでした』

なのになぜ僕は珠里の告白を聞いてなきゃいけなかったんだ？　あの場にいるのは僕だったはずなのに。

だがもし僕が告白した場合、先輩のリアクションはどうだっただろう。

『うん、付き合おう』

果たして先輩は僕にもそう言ってくれただろうか。

いや——。

『ごめん、僕は卒業後、京都に行くから付き合えないよ』

そう断る先輩の顔があまりに易々と頭に浮かぶ。

珠里だから告白を受け入れてもらえたのだ。あんなに可愛らしく、あんなに綺麗《きれい》な一年生だからこそ、先輩は『ありがとう、嬉しいよ』とオッケーしたに違いないのだ。

ああ、珠里になりたい。あの美貌が、一年生という輝ける未来のある若さが、愛らしいあの仕草が。全部欲しくてたまらない。

珠里になりたい、珠里になりたい、珠里になりたい、珠里になりたい――。

「あっ」

心の中でそう繰り返し、階段を駆け下りていた僕は、いつしか目を閉じてしまっていたようだ。

踏み出したところにあるはずの石が欠けていたせいでバランスを失い、次の足を踏み出すより先に身体が前に出てしまった。

「わーっ」

そのまま勢いがつき、頭から階段を転がり落ちる。

銀ちゃん――なんてボケをかます余裕はなかった。当然感じるべき痛みを覚えることすらなく、一気に階段の下まで転がってしまった僕は、下に落ちきるまで待てずに強く頭を打ったせいで、そのまま気を失ってしまったようだった。

「……君、高柳君」

遠くで僕の名を呼ぶ声がする。

酷《ひど》く懐かしい。それでいてやるせなさを覚えるこの声は確か――。

混沌《こんとん》としていた意識が次第に覚醒《かくせい》し始め、うっすらと目を開いた先、飛び込んできたのは、

「高柳君、大丈夫？」

「せ、先輩っ」

あろうことか、つい今し方失恋したばかりの原田先輩、その人だった。

「大丈夫かい？　通りかかってびっくりしたよ。階段の上から落ちたの？　大丈夫？　病院に行ったほうがよくないか？」

心底心配そうに、それこそ親身になって問いかけてくる先輩の優しさがつらかった。

だって先輩は、珠里の告白を受け入れたんだから――。

「大丈夫です……」

もう、放っておいてください。つらくなるばかりなので。

そう言おうとし、なんだか違和感を覚え先輩を見る。

「どうした？」

問いかけてきた先輩は――思いっきり冬仕様の格好をしていた。先輩によく似合う、白い

ダウンだ。

しかし今は三月下旬。このところ暖かな日が続いていたので、ダウンを着るまでもない。

どうして先輩はそんな格好を？　と無意識のうちに手を伸ばした、その手を覆う分厚いピーコートの袖《そで》に僕は、

「ええっ？」

と戸惑いの声を上げてしまった。

「どうしたんだ？　本当に大丈夫か？」

問いかけてくる先輩に対する違和感はますます増した。

さっき見た先輩はこんな髪型だったか？　部活を引退したあと、先輩は床屋に行く暇も惜しんで勉強していたという噂で、かなり髪は伸びていた。

長髪まではいかないが肩につくくらいで、短髪の先輩も素敵だが、長髪の先輩も理性が前面に出て本当に素敵だった。が、今の先輩は短髪だ。

あれ？　さっき見た先輩は長髪だった気がする。いつの間に切ったんだ？　僕はそんなにも長いこと――先輩が床屋に行くほどの長い時間、気を失っていたのか？

そんな馬鹿な、と戸惑いがピークに達していた僕は、先輩に、

「高柳？」

と問いかけられ、はっと我に返った。

「す、すみません。先輩、お忙しいんじゃないですか？」

「え？　別に忙しくないよ？」

我ながら卑屈と思いつつ、僕になどかまっている場合じゃないだろうと、暗に言った僕に、先輩が目を見開き首を横に振る。

「だって…………」

卒業後は京都に行く先輩にとって、両想いとなった珠里と過ごせる時間は僅《わず》かだ。それを言わねばならないつらさに胸を痛めながら僕は、遠回しすぎるほど遠回しに先輩に伝えようと口を開いた。

「だって先輩、もうすぐ京都に行ってしまうし」

「京都？」

素《す》っ頓狂《とんきょう》。その表現がぴったりの大声を上げた先輩が、僕の額に手を乗せる。

「やっぱり打ち所が悪かったのかな。なんで僕が京都に行くの？」

「え？　だって先輩、京都大学に合格したんじゃ……」

ここで『なんで京都に行くの』という台詞《せりふ》が出るとは思わず、つい責めるような口調になってしまった僕の目の前で、先輩が唖然とした顔になったあと——爆笑した。

「あはは、来年合格できればいいけど、さすがに気が早いよ」

「……え……？」

気が早いって、もう合格してるじゃないか。

なぜ先輩は僕をからかうのか。心の傷が深まるだけだからやめてほしいのだけれど。

でも年功序列が絶対の部活動ではさすがに先輩に突っ込むことはできない。

とはいえ、ふざけすぎじゃあ？　と口にしようとした僕に、先輩が相変わらず心配そうな表情で問いかけてくる。

「もしかして本気で言ってるの？」

「え？　あの……」

先輩の表情が真剣すぎて頷くのを躊躇《ためら》っていた僕の目の前で、先輩はますます心配そうな顔になり僕の目を覗《のぞ》き込んできた。

「もしや打ち所が悪かったのかな？　病院に行こう。立てるかい？」

「……はい……多分」

頭は打った。でも特に頭痛がするでもなく、目眩《めまい》を覚えることもない。

「痛っ」

どちらかというと、足を捻《ひね》ってしまったようで、立ち上がると右足に激痛が走った。

「負ぶってあげるよ」

先輩が僕の前に背を向けて屈《かが》む。

「いえ、そんな、悪いですから」

遠慮すると先輩は肩越しに僕を振り返り、にっこりと笑いかけてきた。

「ほら、遠慮しないで。先輩の言うことは聞くものだよ。頭を打ったのも心配だけど足も心配だ」

「……あ、ありがとうございます……」

やっぱり素敵だ。思わず笑顔に見惚れてしまっていた僕だったが、先輩に「ほら」と促され、慌ててその背に身体を預けた。

「お、重くないですか？」

「いや、軽いよ。体重、もっと増やしたほうがいいんじゃない？」

歩きながら先輩がまた肩越しに振り返り僕に笑いかけてくる。

「でも、入部のときから身長は伸びたよね。五センチくらい？」

「ええと……」

入部のとき――高校一年生のときは確か、身長は百六十センチあるかないかだった。その後背は伸び、今は百六十八センチだ。

八センチ伸びたが、先輩は僕の約二年前の身長なんて覚えてないんだろう。五センチも八センチも大差ないか、と頷こうとした僕だったが、続いて先輩が告げた言葉には驚いたあまり我を忘れ絶叫してしまったのだった。

「高柳ももうすぐ二年生だもんな。月日の経《た》つのは早いよな」

「ええっ⁉」

さすがにこれは『大差ない』では済まない問題だと大声を上げた、その声に驚いた先輩が僕を振り返る。

「どうした？　高柳」

「あ、あの、先輩、僕、もう……」

来週には三年生になるんですけど、と言おうとしたとき、今更ながら先輩が着ているダウンコートの下、学ランの襟章《えりしょう》が目に入った。

学年とクラスが記されているその襟章にあったのは――。

『Ⅱ―3』

「えーっ⁉⁉」

なぜ先輩が今更二年生の襟章をしているのか。何かの冗談か？　でも目の前にいる短髪の先輩は確かに二年生のときの先輩、そのものの姿をしている。

もしかして――もしかして、と半信半疑ながら僕はおそるおそる、

「ど、どうした？」

と驚いている先輩に向かい、問いかけてみた。

「あの、先輩……今、平成何年ですか？」

「え？」

唐突な問いに戸惑いながらも先輩が答えてくれる。

「二十四年だけど？」

「…………………」

一年前の年号を言われた僕の頭の中はその瞬間、真っ白になった。

「本当に大丈夫か？　病院、急ごう」

唖然としたまま固まってしまった僕を気遣い、先輩が足を速める。

何がなんだかわからない。きっとこれは夢だ。夢じゃなきゃありえないことが今、僕の身に起こっている。

もしこれが夢じゃなければ僕は——一年前にタイムスリップした、ということになってしまう。

いやいやいやいやいや、そんな馬鹿な。あり得ないだろう。動揺しまくりながらも僕は、なんとか目を覚まそうと先輩の背中でぎゅっと目を閉じたり、頬《ほお》を叩いたりし、挙動不審ぶりをますます先輩に案じられてしまったのだった。

2

学校近所の個人病院に連れていかれ、結局捻挫《ねんざ》していた足の手当をしてもらっても、そしてその後、頭を強く打ったことを問題視され、最寄り駅は隣の駅となる大きな総合病院へと連れて行かれたあとも、僕の目が覚める気配はなかった。

病院の待合室に新聞があったので開いてみると、平成二十四年二月十五日の日付のものだった。

二月だから先輩も僕も分厚いコートを着ていたようだ。その後トイレに行き、鏡を見たときに僕はそこに約一年前の自分の姿を見出《みいだ》し、とても信じがたくはあるが、自分がタイムスリップしたと認めざるを得なくなった。

「お疲れ様。今のところなんともないって」

共働きであるため僕の両親と連絡がとれなかったこともあり、先輩はすべての検査が終わるまで付き添ってくれ、医師の話も一緒に聞いてくれた。

「家まで送るよ」

「だ、大丈夫です」

タイムスリップをしたという現況を受け止めきれずにいた僕があまりに挙動不審だったせいか、先輩はいつも以上に優しく僕に接し、手厚いとしかいいようのないフォローをしてくれていた。

　僕が遠慮しまくっても、結局先輩は家まで送ってくれたので、そのまま帰すのも申し訳ない、とコーヒーでも飲んでいってもらうことにしたのだが、それが逆に先輩に気を遣わせることになった。

「いいから座ってて。僕がやろう」

「大丈夫です。僕が……っ」

「いいからいいから」

　結局今回も先輩に押し切られ、先輩が淹《い》れてくれた紅茶を二人でリビングで向かい合い飲むという状況になってしまったのだった。

「本当にすみません……」

「そんなに謝ることないよ。高柳は本当にいい子だな」

　恐縮しまくる僕に先輩は笑顔で対応してくれただけじゃなく、僕が少しでも黙ると、

「具合、どう?」

　と気遣ってくれた。

「大丈夫です。本当にすみません」

僕が黙りがちだったのは、普段から面白いことを言うのが得意じゃなかったせいもあるが、何より、本当に自分がタイムスリップしたのかと、気づけばそれを考えていたためもあった。

「もう、今後は謝るの、禁止だよ」

あまりに『すみません』と『ごめんなさい』を繰り返しすぎたせいで、先輩にそう言われてしまい、ますます僕は萎縮《いしゅく》した。

「すみませ……あっ」

言われたそばから謝った僕を前に先輩が苦笑する。

「今度からそうだな。謝ったらペナルティをつけよう」

「ペナルティ？」

笑っていることからも、先輩が本気じゃなく冗談を言っているとはわかった。が、どんなペナルティをつけるというのだと問いかけた際、先輩が少し考えたあと、

「ほっぺを抓《つね》る……ってのは？」

と言いながら手を伸ばし、僕の頬をぷに、と軽く摘《つ》まんできたのには啞然とし、その場で固まってしまった。

「冗談だよ」

あはは、と先輩が笑う。が、彼の手はまだ僕の頬を軽く摘まんだままでいた。

先輩に触れられている――意識した途端、頭にカッと血が上ったのがわかった。

「高柳？」

先輩が戸惑った声を上げるほど、僕の顔は今やゆでだこのようになっていた。鏡を見ずとも頬が火照《ほて》りまくっていることからそれがわかる。

「ご、ごめんなさい……っ……あっ」

驚かせてごめんなさい、と謝った直後、ペナルティだと気づいた。先輩の手が再び伸びてくるのを期待し彼を見る。

「…………」

だが先輩は、少し困った顔になり、手を宙に浮かせていた。

「……あ……あの……」

先輩を困らせているのは僕なのか。それが気になり、勇気を振り絞って声をかける。

「……ねえ、高柳」

先輩がぎこちなく手を自身の膝《ひざ》へと下ろし、僕の名を呼びかけてきた。

「は、はい」

先輩の声が少し掠れている。その声にはなんとなく既視感が——声だから既聴感か——あった。

それもごくごく最近耳にしたような気がする。どこでだったか、と瞬時、一人の思考にとらわれていた僕は、先輩が再び口を開いたのに、はっと我に返った。

「もしかして、君……」

「……え？」

いつしか伏せてしまっていた顔を上げると先輩とばっちり目が合った。途端にまた頬に血が上っていくのがわかる。

「……いや、いいや。ごめん、なんでもない」

更に真っ赤になった僕を前に先輩は苦笑めいた笑みを浮かべ首を横に振ると、

「それじゃ、また明日ね」

と立ち上がった。

「帰るんですか？」

唐突すぎる。もしかして何か気に障ったんだろうか。僕がいつまでもうじうじ謝ってるからか？　それともいきなり真っ赤になったからだろうか。

こんなにも世話をかけたのに、先輩を不快にさせていたら本当に申し訳ない。ペナルティも忘れ僕は、

「ああ」

と微笑み玄関へと向かおうとする先輩の背に勇気を振り絞って声をかけた。

「ご、ごめんなさいっ！　僕、先輩を怒らせるようなこと、しましたか？」

「え？」

先輩が驚いたように振り返る。

「どうして？」

「あの、いきなり帰るって言うから……」

心底不思議そうに問いかけてきた先輩は、どうやら本当に怒っても、むっとしてもいないようだった。僕の答えを聞くと逆に、

「そうじゃないんだよ」

と先輩にしては珍しく慌てた様子で、急に帰ることにした理由を説明してくれた。

「検査もたくさんあったし、君が疲れているんじゃないかと思っただけだよ。ゆっくり休んで、明日に備えてほしいと思ったんだ」

「そう……だったんですか……」

よかった。怒らせたのではなくて。ほっと安堵《あんど》し息を吐いた僕のところまで先輩は歩み寄ってくると、ぽん、と肩を叩いた。

「それじゃ、また明日。足が痛かったら部活は休んでいいよ」

にっこり、と優しく微笑み、先輩が玄関へと向かっていく。お見送りを、と僕もあとに続き、先輩が座って靴を履くその背を見つめていた。

「それじゃあね」

立ち上がり、振り返った先輩に改めてお礼を言う。

「本当にどうもありがとうございました」

「いや、大事な後輩の身に何かあったら大変だからね」

気にしないで、と爽やかに微笑み、先輩はドアを出ていった。

「……大事な……」

その言葉に、ぼうっとしてしまっていた僕だが、暫《しばら》くすると、先輩の素敵な笑顔に惚《ほう》けている場合じゃない、と急いで自分の部屋に向かった。

机の上のカレンダーは二月。鞄《かばん》をひっくり返し、ばらばらと床に落ちた教科書がすべて一年生のものだと確認する。

ノートを開くと間違いなく僕の文字で授業の内容が記されていた。記憶を辿《たど》り、そういや一年のときにそんな内容の授業だったような気がする、と思い出す。

本当に今は平成二十四年なのか。まだ信じるまでに至らず、またリビングに引き返しテレビをつける。

「あ」

ちょうどテレビが壊れたので買い換えたのが、去年の夏——僕が高校二年の夏だった。地デジ化されたがまだブラウン管テレビのままでいいかとチューナーで対応していたのだ。

テレビ本体を見ただけでも、今が一年前だとわかったが、実際テレビをつけてみると、流れてくるのは一年前の懐かしい映像ばかりで、もう、自分がタイムスリップしたのだと認めざるを得なくなった。

「……そんな……」

こんな漫画みたいなことが自分の身に起こるなんて。もう、溜め息しか出てこない、とテレビを消しその場にへたり込む。

どうしてこんなことになったのか。思い当たるのはただ一つ。階段から落ちたことだが、それだけでタイムスリップするなんてお手軽過ぎる気がする。

「あ」

もしかして階段の怪談の影響か？

その可能性に思い当たったが、すぐ、自分があのとき何を願っていたかを思い出した。

『珠里になりたい』

「……なってないじゃん」

階段の怪談が本当なら、僕は珠里になっているんじゃないのか？　なんで僕のままで、しかも一年時間が戻ってるんだ？　珠里との共通点なんて『一年生』ということしかないじゃないか。

階段も使えないよなあ、と、階段に対して非常に失礼なことを考えていた僕は、ここで、はた、と気づいた。

今が一年生の二月ということは、あと二ヶ月しないと珠里は入学してこない。まだ先輩の前に姿を現してはいないのだ。

　これは――チャンス、なのかもしれない。

　僕は急いで携帯をポケットから取り出すと、先輩の携帯番号を呼び出した。先輩が陸上部の部長になったとき、皆が先輩の番号を自分の携帯に登録したのだ。

　ドキドキする。でもこれがチャンスであるのなら生かしたい。勇気と気力を振り絞り、ダメモトだ、と心の中で呟《つぶや》きながら僕は先輩の携帯に電話をかけた。

　ワンコール。ツーコール。

『原田だけど、高柳君？』

　先輩もまた部員全員の携帯番号を自分の携帯に登録していたので、電話をかけたのは僕だとすぐわかったようだった。

「ご、ごめんなさい。電話して」

　携帯番号は登録していたものの、先輩に電話をしたことはなかった。電話越しに聞く先輩の声もまた素敵でドキドキがとまらない。

『別にいいけど、どうしたの？　気分でも悪くなったの？』

　戻ろうか、と本当に心配そうに問いかけてくれる先輩に、

「あの、違うんです」

　と慌ててその心配を退ける。

『違う？』

疑問の声を上げた先輩に僕は思いきって、考えていた言葉をほぼ叫ぶようにして告げた。

「あの、今日のお礼をしたいんですが、土曜日か日曜日に映画にでも行きませんかっ？」

『………』

電話の向こうで先輩が息を呑《の》んだ気配が伝わってきた。沈黙が暫し流れる。

五秒。十秒。

この沈黙はやはり、拒絶ということかと察した僕の胸は痛み、気持ちは海底より深いところまで沈んでいった。

先輩がああも優しかったので、一縷の望みを繋ぎ、それで映画に誘ってみたが、先輩にとっては階段から転がり落ちた可哀想《かわいそう》な下級生の世話を焼いたにすぎなかった。

それで『お礼』と言われても、その上映画を観に行こうなんてデートみたいな誘いを受けても、迷惑でしかなかったということなんだろう。

ごめんなさい、今の言葉は忘れてください——がっくりきながらも、先輩にそう言わねば、と口を開きかけた僕の耳に、電話越し、明るい先輩の声が響いた。

『高柳の体調が大丈夫そうだったら行こう。何か観たい映画、ある？』

「えっ？　いいんですかっ？」

九割九分、諦《あきら》めていたところへの合意に、僕の声のトーンが跳ね上がった。

「あ、ごめんなさいっ」

さぞ煩《うるさ》かっただろうと謝ると、

『ペナルティだよ』

と先輩が笑ってくれる。

「…………あの、僕……」

頬を摘まれた先輩の指の感触が蘇《よみがえ》り、またも僕は真っ赤になった。が、照れている場合じゃない、とさっきテレビでＣＭが流れていた映画のタイトルを告げる。

『それ、僕も観たいと思ってたんだよ。いいね、それにしよう』

先輩が嬉しそうに言った言葉に嘘がないことは、僕が一番知っていた。

『映画の時間調べるよ。待ち合わせ時間はまたメールするから』

「あ、ありがとうございます。楽しみにしています！」

先輩は年上らしく、デート――という認識は本人にはないだろうが――を仕切ってくれようとした。僕がやる、といってもよかったのだが、仕切られるのは嬉しくて礼を言い、電話を切る。

「……やった……」

なぜ僕があの映画のタイトルを告げたか。それは約一年前、先輩があの映画をとても面白かったと言っていたのを聞いた記憶があったからだった。

一年前、先輩が誰とその映画を観たのかはわからない。が、誰と観ようが面白いと思う気持ちは同じに違いない。

他に先輩は何を好きだといっていたか。食べ物は？　飲み物は？　本は？

そしてこの一年で先輩の身に何が起こっていたんだったか。風邪を引いたことはあったか。脳をフル稼働して記憶を遡《さかのぼ》る。

そう、思わぬ形で得た『一年前に時間が戻った』タイムスリップを利用する術《すべ》を僕は思いついたのだった。

約一年後、先輩は珠里からの告白を受け入れる。でも珠里に会うのはまだ二ヶ月も先だ。珠里に会う前に先輩に告白し、受け入れてもらえれば、珠里の告白が受け入れられる未来には繋がらないのではないか。僕はそう考えたのだった。

だが、今僕が告白をしたところで、きっと玉砕するに決まっている。僕には珠里のような美貌もなければ愛らしい仕草も備わってないからだ。

そのかわりに僕は先輩の『未来』を知っている。ほんの一年ちょっとではあるが、この一年で先輩が何を好み、何に興味を示したかを、僕だけが先んじて知っているのだ。

先輩のことはずっと観察していたから、ちょっと考えただけでも、あれとあれとあれ、と思い出すことができた。これからちゃんとノートにでも書き出して、気に入られることを率先してやるようにすれば、先輩に僕を好きになってもらえるチャンスがあるんじゃないか

——僕はそう考えたのだった。

可能性としては低いかも知れないが、何もできずに一年を過ごし、珠里に先輩の心を持っていかれるのを指をくわえてみているのは嫌だった。

少しでも可能性を高め、それから告白しよう、というところは我ながら『コスい』としかいいようがないが、美貌でもかわいげでも勝てないとわかっている今、使えるものはなんでも使おうと思って何が悪い、と開き直る。

チャンスの神様は前髪しかないので、見つけたときには摑まないとダメだとかなんとか、聞いたことがある。後頭部はハゲなのか、と思ったんだった——というのはともかく、よくわからない状況ながらも巡ってきたチャンスをものにするには、なりふりかまっていられないのだ。

よぉし、頑張るぞ。拳《こぶし》を握り締めた僕の頭からはそのとき、一年前に戻ったのだったら期末テストのヤマをかけることができるな、とか、お父さんに頼んで競馬で当たり馬券を事前に買うことができるな、というような、タイムスリップした人間なら必ず思いつくであろうそれらのことがすっぽり抜け落ちていた。

お金よりもいい成績よりも、ほしいのは先輩の心だからだろう。いきなりやる気に溢《あふ》れた僕はすぐ自分の部屋に向かうと、新しいノートを取り出し、そこに思い出せるかぎりの先輩のこれからの一年の行動を書き連ね始めたのだった。

映画は土曜日に決まった。先輩からのメールに心ときめきまくっていた僕は、授業を受けている最中も心ここにあらず状態で、先生に注意されるほどだった。

授業を受けてみて、その内容が一年前とまったく同じであることに、本当に過去に戻ったのだなと改めて実感した。

タイムスリップというと、映画『バック・トゥ・ザ・フューチャー』のように、現在の『僕』がその姿形のまま、過去や未来に飛ばされるというイメージだったのだが、僕の場合はそうじゃなく、意識だけが移動した、という感じだった。

なので僕の身長は今の時点では百六十五センチで、体重も二年の終わりよりは五キロも軽い。足の捻挫のために部活の練習は休んでいるのでまだ確かめられていないが、百メートルのタイムも確か、二年の春先から身長の伸びと共に上がり始めるので、まだ遅いに違いなかった。

日記をつける習慣がなかったから、一年前と同じことが繰り返されているかはわからない部分もあったが、授業で先生が言った冗談とか、クラスの友達が近所の女子校の生徒に告白してふられたとか、なんとなく記憶がある出来事が次々と起こることに、最初のうちはいちいち驚いていたが、それにもようやく慣れてきた頃、待望の土曜日がやってきた。

約束の時間は午前十時。十時二十分からの初回を観ようということになっていた。緊張して殆ど眠れなかったが、映画の最中寝てしまっては大変と朝からコーヒーをがぶ飲みし、はたと、途中でトイレにいきたくなったらどうしよう、と水分を取るのを控え——なんてやっているうちに、いても立ってもいられなくなって、約束より三十分以上早い時間に僕はシネコンの入っているショッピングアーケードに着いてしまった。

お店の開店は十時からなので、どこもやってない。開いているのはスタバくらいだったので入ろうとすると、なんと、店内には原田先輩がいた。

「せ、先輩っ」

思わず声をかけてから、しまった、と口を閉ざす。先輩がどう見ても参考書らしきものを読んでいたためだった。

「あれ？　早いね」

後悔先に立たず。先輩が僕の声を聞きつけ、笑いかけてくる。

「勉強の邪魔してすみません」

それじゃ、と立ち去ろうとすると先輩が立ち上がり慌てた様子で駆け寄ってきた。

「別に邪魔じゃないよ。ちょっと早く着いたんで時間を潰《つぶ》していただけだから。さあ、何を飲む？　買ってきてあげるからあの席に座っていてよ」

「だ、大丈夫です。あの、自分で買いますからっ」

そんな、今日はこの間世話になったことへのお礼なのに、コーヒーをご馳走《ちそう》になるわけにはいかない。映画代もコーヒー代も僕が出したいくらいなのに、と慌てて断ったが、先輩は、

「年長者に恥を掻《か》かせるもんじゃないよ」

と取り合ってくれず、結局僕はコーヒーを買ってもらうことになった。

「ご馳走様です……」

「それにしても早くに来たね。もしかして時間、間違えちゃった？」

悪戯《いたずら》っぽく笑う先輩も本当に魅力的で、笑顔に見惚れそうになる。が、黙っていて無視されたと思われたら困る、と僕は急いで返事をした。

「いいえ、そうじゃなくて、なんていうかその……」

楽しみ過ぎてつい早く来てしまった。実際はそうだったのだけれど、そのまま言うのは恥ずかしくて躊躇してしまう。

「そういう僕も早いか」

先輩が苦笑し、頭を掻く。

「楽しみにしすぎていたせいで早く着き過ぎちゃったんだ。君も早く来てくれてなんか嬉しいな」

僕は夢を見ているんだろうか。それともこれは単なる社交辞令か？

先輩の口から『楽しみにしすぎて』なんていう言葉が出るとは思っていなかった。先輩は優しいから僕を喜ばせようとしているのか？

そんなに気を遣ってもらうのは申し訳ない。でもそれをそのまま先輩に言うのは躊躇われる。

ここはさらりと流しておくのがベストなのかな。咄嗟《とっさ》の判断を下すと僕は、

「嬉しいのは僕のほうです」

と答えたあと、話題を他に振った。

「もしかして受験勉強をなさってたんですか？」

間もなく三年生になる先輩は確か、計画性があるため二年の終わりから受験勉強を始めていたと記憶している。だからこそ京都大学なんてすごい大学に入学できたのだろう。

ヤバい。先輩の勉強の邪魔をしちゃってるってことか、と、自分で変えた話題でそれに気づくという間抜けぶりを晒《さら》すことになり、僕はまたも慌てて、

「ほんと、すみません！」

と先輩に謝った。

「ペナルティだって言ったでしょ？」

先輩がふっと笑い、テーブル越しに、すっと手を伸ばしてくる。

「……っ」

頬を軽く抓られ、僕は一瞬何が起こっているのかわからずびっくりしてその場で固まってしまった。

「高柳のほっぺた、ぷにぷにしてて可愛いね」

先輩は僕の緊張を解《ほぐ》そうとしているのか、そう言い、また、軽く頬を摘まむ。

「あ、あの……」

「謝ったらまたこうするよ」

きゅ。

もう一回、先輩は僕の頬を軽く摘まむと、すっと手を引いた。

「は、はい」

「真っ赤になって。高柳は本当に可愛いな」

くす、と先輩が笑い、コーヒーを飲む。

「………っ」

可愛くなんてありません。

言い返そうとしたが、冗談を本気にとったと笑われそうな気がして何も言えなくなった。

頬にはますます血が上り、思考力が普段の十分の一くらいに落ちてるのが自分でもわかる。

「今日の映画、楽しみだね。高柳は普段どういう映画観てるの？」

先輩が僕に話しかけてくる。ここには二人しかいないんだからちゃんと受け答えをしなきゃと思うのに、口から出るのは「あの」とか「その」とか「ええと」とか、まったく意味のない言葉のみで、自分で自分がいやになる。

これじゃ、先輩に呆《あき》れられて終わってしまう。せっかくのデートなのに。

いや、デートじゃない。デートだと思うから緊張するんだ。デートになるかどうかは今日の結果次第で決まるというのに、このままでは今回一回で終わってしまうぞ。

そうそう『お礼』なんて機会は作れないんだから――そう思えば思うほど混乱し、何も言葉が出てこない。

「……ごめんなさい……」

またも僕の口から出たのは謝罪だった。

「もう、どうしたの」

先輩が苦笑し、手を伸ばす。また頬を抓られるのかな、と指先を目で追っていると、今度その手は僕の頭をぽんぽん、と二回撫《な》でた。

「緊張しないで。今日は楽しく過ごそう」

「あ、ありがとうございます」

先輩の優しい笑顔を見ているうちに胸がいっぱいになり、涙が込み上げてきてしまった。

「どうして泣くの」

先輩がびっくりしたような顔になりながらも、また、ぽんぽんと僕の頭を撫でてくれる。

「それじゃあ、僕の好きな映画の話をするね。最近観た中では、そうだな、あれが面白かった。タイトルは……」

気を遣い、先輩が声を詰まらせている僕の代わりにあれこれと話し始める。

ごめんなさい。心底申し訳なく思いながらも僕は、先輩の優しさを目《ま》の当たりにし、ますます彼への恋心を募らせていった。

3

映画のあと先輩は、

「お腹《なか》、空《す》かない？」

と食事に誘ってくれ、一緒に入ったファミレスでもご馳走してくれた。

映画は本当に面白く――って、僕はもう以前にテレビで放映されたものを観ていたのだけれど――その感想で盛り上がることができ、会話は始まる前より断然弾んだ。

「ああ、もうこんな時間か」

気がついたら店に入ってから二時間以上経っていて、先輩も驚いていたが僕も本当に驚いた。

「誘ってくれてありがとう。今度は僕がお薦めの映画に誘うよ。来週の土曜日なんてどうかな？」

「ええっ？」

別れ際、まさかの誘いに本当にびっくりし、つい大きな声を上げてしまうと、先輩はそれをどうとったのか、

「ああ、ごめん。都合悪いのなら気にしないで」

と誘いを引っ込めようとした。

「あ、あいてます！　いつでもあいてます‼」

信じられない。僕は夢でも見てるんじゃないか？

まさに夢うつつの状態ながらも慌てて先輩に向かい、叫んでしまった。

「そんなに大きな声、出さなくても聞こえるよ」

くすくす笑う先輩はとても嬉しそうに見え、それじゃ土曜日に、と約束して別れた。

「…………うそみたい…………」

本当に夢じゃないのか。だいたいタイムスリップしたこと自体が夢としか思えない出来事だ。

あ、もしかして僕は階段から転げ落ちたときに強く頭を打ち、それで植物状態になったんじゃないか。

今、僕が体験していることは僕の見ている夢で、だからこそなんでも思い通りの展開になるんじゃなかろうか。

そのほうが断然ありそうだ。と頬を抓ってみたその指が、先輩の指の感触と重なった。

「わあ」

思わず変な声が口から漏れ、慌てて唇を引き結んで堪える。

夢でもいい。この幸せがいつまでも続きますように。そう祈りながら帰路に就く僕の胸には幸せな思いが溢れていた。

翌週の土曜日、映画に行った帰りにその翌週も一緒に遊びに行こうと誘われ、僕は有頂天になった。

「今度はボウリングとかどう?」

「はいっ」

そういや先輩はボウリングも好きだったんだ、と、合宿の帰りに皆で遊んだことを思い出す。確かあのとき先輩は自己ベストのスコアを出したんだっけ、と話そうとして、ふと、それが『これから』起こることだと気づいた。あれは僕らが二年生のときの合宿で、最終日だけ三年生が合流したのだ。

あぶない。慌てて口を閉ざし、ただ、

「楽しみですっ」

とだけ言うに留める。

「僕も楽しみだよ」

先輩はいつもいつも、本当に優しかった。

「そうだ、春休みになったら、少し遠出するのもいいね」

部活のない日にでも、と春休みの予定まで聞かれ、本当にこんなに幸せでいいんだろうか、と浮かれたまま僕は家路を急いだ。

春休み。どこに行こうかな。遠出ってどの辺を先輩は考えているんだろう。うきうきと考えている最中、はた、と僕は大切なことを思い出した。

春休みが終わり、四月になると彼が——珠里が入学してくる。彼が陸上部に入ったら、先輩の興味は珠里にいってしまうんじゃないか。

「……忘れてた……」

毎日があまりに楽しくて、そして幸せで、すっかり忘れていたが、未来に先輩は珠里と付き合うことが決まっているのだ。

その『未来』を変えるためにはどうしたらいいだろう。必死に頭を捻って考え、二つ方法があるかと気づいた。

一つ目は、今の時点で先輩に告白し、先に恋人同士になってしまうというもの。

しかしこれはあまりにリスクが高すぎる案だった。先輩が僕の告白を受け入れてくれる保証は当然ながらない。もし玉砕したら、今の夢のような幸せな日々ともさよならしなければならなくなる。

では二つ目は、というと、珠里を入部させないようにする、というものだった。本当なら入学自体、してもらいたくないが、彼の入学を阻むのは困難である。

試験の日に待ち伏せしどこかに閉じ込める――なんて絶対無理だし、中学生の珠里を呼び出し、あの学校はやめておけ、と諭すというのはもっと無理だ。

だが、入部させないように、くらいはできる気がした。なんといっても彼の入部手続きをしたのは誰でもない、僕だからだ。

『陸上部なんかより、君にはよっぽど向いている部があるよ』

それが嘘なら良心も痛むが、事実、一年経った時点で彼は伸び悩んでいた、それは事実だ。ある意味、彼にとっても親切といえるんじゃないか、と、不遜《ふそん》といってもいいようなことを考えて自己を正当化し、僕は四月を待った。


春休み、僕は部活があったし、先輩は塾があったせいで、二人のスケジュールはなかなか合わなかったものの、待望の『遠出』として高尾山に登った。

幕張にある遊園地と高尾山、どっちがいい？　と聞かれ、デートらしいといえば遊園地だと思ったのだが、その気持ちを見透かされそうなのが怖くて高尾山を選んだ。

遊園地は混雑しているだろうし、と少々残念に思っている自分を納得させていたのだけれど、高尾山も酷い混雑で、山道は渋滞といってもいい状態だった。が、山頂に登り景色を眺めるとさすがに気持ちよく、来てよかったね、と先輩と笑い合ったときには、僕の気持ちは最高潮といっていいほど盛り上がっていた。

そんなこんなで春休みが終わり、僕は二年に、先輩は三年生になった。クラス替えもあったが、自分が何組になるかは最初からわかっていたので少しの期待も落胆もなく、二年五組の教室に向かった。

ホームルームが始まる前、

「絶世の美少年が入学してきたらしいよ」

クラスメートの三田村《みたむら》が興奮した声を上げ教室に飛び込んできたのもデジャビュなら、

「見に行こう」

と皆が色めき立ったのもデジャビュだった。

「高柳も行こうよ」

三田村が誘ってくれる。

『うん』

あのとき僕も興味を引かれ、彼について入学式をやっている体育館まで行こうとし、途中、式が終わって渡り廊下を歩いている珠里の姿を見たのだった。

もう珠里がどれだけ美少年だかはわかっている。やめておこうかなと思ったのだが、三田村に、

「行こう行こう」

と手を引かれ、断るのも面倒くさくなって体育館へと向かった。

「あ、もう式終わったんだ」

渡り廊下を一年生たちがぞろぞろ歩いてくる。ああ、デジャビュだ、と列を眺めていた僕を、横から三田村がつついた。

「あれじゃない？　ほんと、美少年だね」

「………」

指さした先には珠里がいた。本当に美少年だ。先輩も惹《ひ》かれるわけだ、とその美貌に僕も見惚れる。

と、珠里が何かの拍子に、ふと僕らのいる方を見て、気のせいかわからないが目が合ったような気がした。

「あ、こっち見た」

三田村が喜び「おーい」と手を振る。珠里は恥ずかしそうに俯《うつむ》いたが、その直前にもちらっと僕を見た気がした。

「また目が合った」

でも直後に三田村がますます喜んだ声を上げたので、彼のほうを見ていたのかもしれない。目が合った記憶はすっぽり抜け落ちていた。そういや前も——って別に『前』ではないが——こうだったような、と首を傾《かし》げながらも僕は、

「本当に美少年だったね。目の保養だなあ」

と浮かれる三田村と共に教室に戻ったのだった。

翌日には珠里という名の美少年入学のニュースは全校にとどろき渡っていた。午後は部活動のオリエンテーリングで、僕は陸上部の入部受付係として校庭に並べられた机を前に座っていた。

「珠里ちゃん、どこの部に入るのかな」

隣は剣道部で、なんとしてでも珠里を入れたいと盛り上がっている。

「あれ見るともう、ウチは絶対無理だろうな」

僕と一緒に受付係をしていた佐藤《さとう》が諦め顔なのは、視界の先に珠里が大勢の勧誘に囲まれているところが目に入ったからと思われた。

「柔道部とフェンシング部、それに演劇部と、ええと、田村《たむら》って何部だっけ？　テニス？」

「テニス。その横の三橋《みつはし》はラグビー。中村《なかむら》は軽音……かな」

誰も彼も頰を紅潮させ、なんとか珠里に振り返ってもらおうと必死に声を振り絞っている。対する珠里は困り切った表情をしていた。友人ともはぐれてしまったのか、上級生に囲ま

れ立ち尽くしている。

「野球部と、ああ、バスケ部もバレー部もいる。でも柔道だのバスケだのバレーだのは体格的に無理なんじゃないかなあ。あいつら、マスコットにでもする気なのかね」

佐藤が呆れた声を上げるのに、僕が「そうだね」と相槌《あいづち》を打ったそのとき、皆からの熱い訴えかけに困り切った様子になりつつ目を泳がせていた珠里が僕を見た。

目が合った。と思ったのは一瞬だった。

「あれ？　こっち見た？」

佐藤がそう言ったところを見ると、単にこっちの方を見ただけで、目が合ったわけではないのかもしれない。

昨日もこんな感じだったな、と再び視線を珠里へとやった僕は、彼が思い詰めたような顔をし近づいてくるのに気づき、はっとして居住まいを正した。

「なに？　なんなんだ？」

珠里が歩きはじめると同時に、彼を取り巻いていた勧誘者たちもぞろぞろあとをついてくる。

「なんなんだよ、一体」

大挙してくる集団に佐藤がびびった声を上げたところで、珠里が僕たち陸上部の机の前に立った。

「あの、僕、陸上部に入りたいんですが」

まだ変声期前なのか、可愛らしい声が可愛らしい紅《あか》い唇から放たれる。

「なんだって？」

「松岡君、どうして陸上部？」

「ウチにしなよ、陸上よりずっといいよ」

途端に彼を取り囲んでいた集団から『阿鼻叫喚《あびきょうかん》』という表現がぴったりの大声が上がった。

「ウ、ウチ？」

佐藤がびっくりした声を上げる。

僕は——一度経験しているだけに、あまり驚いていなかったものの、こうも大騒ぎになっていたんだっけ、と騒ぐ集団を見つめていた。

「はい。陸上部に入れてください」

珠里がまず佐藤に、そして僕へと視線を移し、真摯《しんし》な声で訴えかけてくる。

『よ、よろしく』

かつて僕は、何かの間違いじゃないかと思いながらも、すぐに珠里の入部を受理した——別にシャレではない。

が、今回は受理はできないのだ、と佐藤が何を言うより前に口を開いた。

「本当にウチの部でいいの？　君の適性からすると、余所《よそ》の部のほうがあるんじゃないかなと思うんだけど」

「陸上部ー！　よく言った‼」

僕の言葉を聞き、歓声を上げたのは、陸上よりよっぽど適性がなさそうな柔道部だった。

「高柳ー、お前、何言ってるんだよう」

佐藤が真っ青になり、取りなしに入ろうとする。

「ごめんね、ちょっとこいつ、ひねくれてて……」

珠里に対し、フォローに回ろうとする佐藤に僕は、

「自らの体験からだよ」

と告げ、彼の口を封じようとした。

「僕も一年やってきたけど、全然芽が出なくてさ。あまり深く考えることなく陸上部に入ったけど、多分適性がないんだ。適性がないと努力しようが道は開けない。同年代が皆、都大会に出るのを応援するしかできない。予選落ちしてさ。そういう気持ち、味わわなくていいならそのほうがいいと思ったんだよ」

「………」

僕が話すうちに周囲がしんとなった。柔道部やバスケ部がバツの悪そうな顔をし離れていく。

「でも、お前、頑張ってるじゃないか」

佐藤が少し困ったような顔をしつつも、そうフォローしてくれたが、それは彼もまた同じく短距離で、秋の都大会に出場していたためだった。

「まあ、無駄な努力ではあるけれど、頑張るしかないからね」

諦めたらそこで試合終了——メジャーすぎるほどメジャーな言葉を出し、笑いにもっていこうとしたが、場の雰囲気はとてもそんな感じじゃなくなってしまっていた。

「……先輩……」

珠里がじっと僕の目を覗き込むようにし、呼びかけてくる。

「……そういうわけだから、君は……」

自分が適性があると思ったところに入ったほうがいい。そう続けようとするより前に、珠里はいきなり身を乗り出し、僕の手を両手で握り締めてきたものだから、僕は仰天しその場で固まってしまった。

「やっぱり陸上部に入れてください！　僕、僕先輩と同じ部で頑張りたいんですっ！」

「ええっ⁉」

どうしてそうなる——？　焦りまくる僕の耳に「あーあ」とがっかりする他の部の勧誘者たちの声が響く。

「あんないい話されちゃあ、仕方ないよな」

「うまいなあ、陸上部。これは諦めるしかないな」

「ちょ、ちょっと……」

逆だ、逆。どこがいい話だったんだ、と焦りまくるも時既に遅く、佐藤が、

「それじゃ、これ、入部届け」

と差し出した紙に珠里は嬉しげにクラスと名前を書き始めてしまっていた。

「………」

どうしてこうなった——やれやれ、と溜め息を漏らす僕を見上げ、珠里がにっこり、と笑いかけてくる。

「先輩、名前、教えてもらえますか？」

「……高柳だけど……」

「高柳先輩、宜《よろ》しくお願いします！」

明るく笑いかけてくる珠里は、本当に綺麗で本当に可愛く本当に——魅力的だった。

「よ、よろしく……」

お願いしたくない。心の中で叫びながらも、ひきつった笑みを浮かべ頷くしかない。これで先輩と珠里の出会いを阻止することはできなくなってしまった。こうなったらもう、二人が親密にならないよう、目を光らせているしかないか、と再び溜め息を漏らす僕の脳裏には、そのとき、約一年後に先輩に告白する珠里の姿と、その告白を笑顔で受け入れる先輩の姿が浮かんでいた。

入部後、珠里は部内であっという間に人気者になった。

進学校ゆえ三年生は部活動には週に一日か二日しか来なくなっていたが、新入生歓迎会には当然参加し、そこで先輩と珠里は顔を合わせた。

「君が噂の松岡君か」

三年生の間でも、珠里の美貌は話題になっているようで、先輩はそう珠里に笑いかけると、

「噂じゃないです」

と照れる彼の肩を、

「頑張ってね」

とぽんぽんと叩いてやっていた。

「高柳に憧れて入ったんだって？」

あとから僕はそう、先輩に揶揄《やゆ》され「違います」と慌てて首を横に振ったのだが、実際のところ、珠里から慕われているなとは自分でも感じていた。

何かというと「高柳先輩、高柳先輩」と声をかけてくる。入部したての頃、そういや暫くの間、珠里に「先輩先輩」と慕われたことがあった、とすっかり忘れていたことを思い出し

た。

すぐに珠里の興味は短距離で実力のある他の二年に移っていく。少し寂しく感じたが、仕方ないよな、と思った記憶が蘇り、ほろ苦い気持ちに陥った。

まあそんなほろ苦さは、実際、そうなってから感じればいいことだ、と気持ちを切り替え、珠里と先輩との接点を潰すことだけに僕は尽力した。

その先輩と僕との間では、週末に『デート』としかいいようのない時間を過ごすのがほぼ恒例となっていた。

お互いになんとなく、部の皆には内緒にしていた。先輩は勉強に忙しく、実際に『デート』できるのは二週間に一度だったが、映画に行ったりゲームセンターに行ったり、自転車で遠出をしてみたり、と、二人きりで過ごす思い出が増えていった。

先輩が気に入ることがわかる映画に誘い、観終わったあと、先輩がかつて言っていた感想を僕が述べる。

「同じこと、考えていたんだよ！」

嬉しいな、と、本当に嬉しげに笑う先輩を前に僕の胸は幾許《いくばく》かの罪悪感にちりちりと痛んだ。

実際、自分がどう感じたかというと、先輩の思いとは違うというパターンが多かったのだが、それを言えば先輩の喜んでいる顔を見ることはできない。

先輩に好かれたい。珠里じゃなく、僕が先輩と付き合いたいから。それだけを僕は願い、先輩に好かれるにはどうしたらいいのかと、毎日そればかりを考えていた。

成果は確実にあり、先輩は僕といるときに本当に楽しそうにしてくれていた。先輩が楽しげだと僕も楽しい。久々にボウリングをしたあと、いつものようにご飯を食べて帰るのかなと思っていると、先輩が、

「ああ、汗かいたね」

と笑いかけてきた。

「三ゲームもしましたしね」

一ゲーム目も二ゲーム目も、先輩は調子が悪く、結局三ゲームもすることになった。手がだるかったが、先輩がやりたいなら、と付き合った結果、僕のスコアは散々だったけれど、先輩は高スコアをマークし、ご満悦になっていた。

「ご飯食べる前にシャワー浴びたいな」

先輩はそう言うと、さりげなくこう、言葉を続けた。

「ウチ、来ない？　今日は親、いないんだ」

「え……っ」

今の発言の意図がどこにあるのか。考えすぎか？　それとも——？

先輩の顔を見た瞬間、彼の頬に朱が走っていることに気づき、『考えすぎ』ではないこと

を僕は悟った。

「……どう……かな？」

珍しくもおずおずと、先輩が問いかけてくる。

「……は、はい……」

頷いた僕の顔は、真っ赤になっていた。

親がいない家に行く。もしや。いや、やっぱり考えすぎかもしれない。

だって親はいなくても、兄弟はいるかもしれないし、おじいちゃんおばあちゃんだっているかもしれない。

何より、シャワーを浴びたいから家にいくわけで、別に変なことを考えているわけじゃないのかもしれないじゃないか。

変なことを考えているのは僕に下心があるからで、先輩はごくごく健全な理由で家に誘ってくれているという可能性だってある。

期待しちゃいけない。そう自分に言い聞かせていた僕の肩に、先輩の腕が回る。

「高柳……」

少し掠れた先輩の声がすぐ横から聞こえてくる。

「は、はい……」

答える声が震えてしまった。肩に置かれた先輩の手に、ぐっと力がこもったのがわかる。

「……知希って、読んでもいいかな？」

「……っ」

ええーっ!!!

心の中では絶叫していたが、口からはどんな声も漏れなかった。

胸がいっぱいになってしまって、言葉が出てこない。コクコクと何度も首を縦に振り、同意を伝える。

「……知希……」

先輩がほっとした顔になり、耳許《みみもと》で僕の名を囁《ささや》く。

「……先輩……」

「雪哉って呼んで」

声に涙が滲《にじ》んでしまった。先輩が耳許でそう囁いてくれたと同時に、ぽろぽろと涙が零れ落ちる。

「雪哉……先輩……」

「知希、ウチ、行こう」

請われるがままに呼ぶと、またも先輩はぐっと肩を摑む手に力を込め、そう囁いてくれたあとに僕を促し歩き始めたのだった。

なんだか夢を見ているようだった。先輩の家に到着すると、兄弟姉妹も、そしておじいちゃんおばあちゃんもおらず、家の中には二人きりとなり、急に緊張が増してきた。

「知希……」

思い詰めたような声で先輩が僕の名を呼び、背を抱き寄せてくる。

うわあ。

これは現実なのか？　僕はやっぱり植物状態で、自分の見たいように夢を見ているだけなんじゃないのか。

嬉しすぎる。でもどうしたらいいかわからない。

「ゆ、雪哉先輩……」

おずおずと先輩の背に手を回し、ぎゅっと抱き締める。

「知希……可愛いね」

「可愛くなんてないです……」

少しも。珠里に比べれば容姿は劣りまくりだ。

「可愛いよ。僕の知希……」

うわあ……っ。

『僕の』知希だって!!!

この瞬間に死んでもかまわない。そのくらいの幸福感に見舞われ、僕はもう、空を飛べそうなほど、舞い上がってしまっていた。

「知希……」

先輩が僕の背から腕を解《ほど》き、その手で頬を包む。

ゆっくりと先輩の顔が近づいてくる。

キス――？　キスしようとしているのか??

うわあ……っ
動揺したものの、思いは一緒、と目を閉じ、先輩の唇を受け止めようとしたそのとき――。

いきなり携帯の着信音が響き渡り、僕と先輩は二人してびくっと身体を震わせてしまった。

「ご、ごめんなさい、僕の携帯です」

この着メロは、先輩が好きだと言っていたバンドのものだった。

「出ていいよ」

先輩が苦笑し、僕の頬から手をどける。

「す、すみません」

ポケットから携帯を出し、誰からかと確かめる。

「……え……」

かけてきたのはなんと――珠里だった。

なんだってこんなときに、と思いながら応対に出る。

「もしもし？」

『あ、高柳先輩、すみません、実は都大会の申し込みに今来てるんですが、参加要項がよくわからなくて……』

「……なんで、僕……？」

僕は都大会の係じゃない。それなのになぜ、と問いかけたそのとき、

「ただいまあ」

と言う、女性の声が響いてきた。

「雪哉、帰ってるの？」

どうやら先輩のお母さんが帰ってきたらしい。

「おふくろ、どうして……？」

動揺している先輩を横目に僕は、やれやれ、と心の中で溜め息をついていた。

運命はそうそう思い通りにいかないようだ。

残念に感じながらも心のどこかでは安堵している自分に疑問を覚えつつ、今日は帰るしかないかと察した僕は、珠里に「すぐ折り返す」と告げ電話を切ったあとに帰り支度を始めたのだった。

先輩の家で、ある意味『最大のチャンス』という機会を逸したあと、なんとなく二人の間に距離ができたような気がする。

先輩から誘ってくることがまずなくなった。きっと僕からの誘いを待っているんだろう。それはわかったが、わかるだけに僕もまた、デートの誘いをすることができず、そのまま二週間が経ってしまった。

先輩を誘うことができなかった理由は二つある。一つは都大会の準備に追われ、物理的に時間がとれなかったことだが、もう一つの理由は僕の気持ちにあった。

先輩は僕にキスしようとした。ということは僕と先輩は今、両想いということだ。それがどうにも信じられない。

夢のように嬉しいことだと思う反面、現実かと思うと受け止めかねている。自分でも矛盾していると思うが、あり得ないことが実現してしまったことに多分、僕は戸惑っているんだと思う。

それがなんの細工もせず、実現したのならまだ、現実と受け止めることができた。でも先輩が好きになってくれた僕は『作った』僕だ。

先輩が好きなものを好きといい、好ましいと思われるようなことを言う。それで好きになってもらったのは、どう考えても卑怯《ひきょう》だ。

僕が知っているのは先輩の卒業式直前までの未来だ。この先、先輩と付き合ったとして、大学生になったあとの先輩が何が好きだかはわからない。

そうなればもう、先輩の好むようなことは言えないし、好きな映画にも誘えない。それでも先輩は僕を好きでい続けてくれるんだろうか。

その自信はない――。

やっぱり、先輩には正直に話そう。

何度となくそう決意するが、実行に移そうとすると勇気は萎《な》えた。

まず、信じてもらえないだろう。それは単なる言い訳で、信じてもらえたとしたら確実に僕は先輩に嫌われる。それがわかっているためだった。

このまま先輩を騙《だま》して付き合い続けるか。その結果、付き合いが継続できなかったら諦める、というほうが、自分にとっては都合がいい。

でもそれでいいのか？　先輩に対して誠意を持つべきじゃないのか？

そんなことを考えているうちに先輩にはますます連絡を取りづらくなった。三週間が過ぎた頃、もしかしてこのままだと、先輩に真実を告白する前に二人は別れてしまうことになるんじゃないか、と心配になり、僕は勇気を出して先輩の携帯に電話をかけた。

『あ、知希？』

ワンコールですぐに出た先輩はどこかほっとした声を出していた。

『よかった。嫌われてしまったかと思った』

「嫌うわけありません！」

嫌われるのは僕のほうだ——キリキリと胸が痛む。

『ありがとう。また日曜日、会えるかな？』

「はい」

喜んで、と心弾ませた僕の耳に、携帯の向こうから緊張した先輩の声が響く。

『今度こそ、両親がいないんだ。ウチに来てもらうのでもいい？』

「……………あ、あの…………」

どきり、と鼓動が高鳴り、頭にカッと血が上った。

『勿論、外に遊びに行くのでもいいよ。知希が映画のほうがいいというのなら映画でいい』

僕が即答しなかったせいだろう。先輩がフォローよろしく言葉を続ける。

どうしよう——迷ったのは一瞬だった。

「あの、家に行ってもいいですか？」

先輩とキスしたい。もっと先まで先輩が考えているとしたら、喜んで受け入れたい。

こんな機会、きっともう訪れないと思うから――。

先輩に対して誠意をみせようといったのはどこの誰か。自分にツッコミを入れたかったが、目の前にぶらさがったチャンスに僕は飛びついてしまったのだった。

チャンスの神様には前髪しかないのだ。飛びつかないでどうする。

明日のことは明日、考えよう。なんかちょっと違う、とまたも自分自身にツッコミを入れつつ僕は、先輩と電話で何時に家に行く、という約束を取り付けた。

電話を切ったあと、今更のようにドキドキと高鳴る胸を持て余し、ぼうっと座り込んでしまった。が、すぐ、家に誰もいないということはそういうことかな、と思いつき、準備とか、しなくていいのかと慌て出した。

下着はどうしよう。いや、それ以前に洋服は何を着ていこう。

脱がせやすいほうがいいんだろうか。でもあまりにあからさまだと、逆に引かれるんじゃなかろうか。

高校二年ともなると、クラスメートの中には『経験者』は当然出てくる。同性と経験した、という話はさすがに聞こえてこないが、きっと中にはいるんじゃないかと思われた。

キスのあと何をするかは、情報としてはなんとなく知っていた。が、実践するとなると、色々と疑問が噴出してきた。

この疑問、誰に聞けばいいのか。親のパソコンを使って検索してみようか。でも履歴を見られたりしたらマズいことになる。

といっても僕にはそんなことを相談できるような友達はいない。第一先輩と付き合ってる——といっていいのだろうか——のは皆には内緒にしていた。

どうしよう、どうしよう、と焦るばかりで少しも解決策は見出せないまま、あっという間に時間が過ぎ、先輩の家に遊びに行く日曜日の前日、土曜日になった。

部活は毎日練習があるので当然出る。今週は先輩と過ごす週末のことで頭がいっぱいだったせいで、気合いが足りない、とコーチに怒られてしまった。

こんなことではまた、都大会にも出られない、と反省するものの、実際頑張ったところで『二年生の僕』は都大会に出られなかった。

だからやる気が出ない、というのは言い訳めいていて嫌だったが、未来がわかっているというのは良し悪しだな、と思いはした。

でも先輩と付き合い始めたことは『二年生の僕』は体験していなかったと思うと、未来は自分の努力次第で変えられるということにもなる。それなら努力しようよ、と気持ちを入れ替え、土曜日はいつも以上に練習に精を出した。

部活が終わり、部室で着替えていると、

「先輩、ちょっといいですか?」

と声をかけられた。

「なに？」

誰だ、と振り返った僕の顔が引き攣《つ》る。

「あの、相談があるんですが……」

恥じらう素振りをしつつ声をかけてきたのは——珠里だった。

「な、なに？」

今日も珠里は綺麗で、そして可愛かった。緊張している様がまた、愛らしさに磨きをかけている。

「今日、このあと、ちょっとお時間もらえませんか？」

「いいけど？」

相談ってなんだろう。俄然《がぜん》興味を覚え、僕は彼に付き合うことにした。

その『相談』が先輩のことだったらどうしよう、と思ったからだ。

僕は珠里と一緒に、部活のあと皆でよく行くファストフード店に向かい、注文の品を前に向かい合った。

「で、相談ってなに？」

珠里は随分と緊張しているようだった。僕が水を向けると、ごくり、と唾を飲み込んでから思い詰めたような瞳でじっと僕を見つめてきた。

本当に綺麗だなあ。煌《きら》めく瞳に目を奪われる。

「あの……先輩、突然ですが、今、付き合ってる人、いますか?」

「ええっ⁉」

突然すぎる。なんでそんなことを聞かれるんだ?

「な……どうしたの? 珠里」

それなら僕以外に適した先輩はたくさんいるはずだ。そう言おうとして僕は、あることに気づきはっとした。

もしかして珠里が恋愛感情を抱いている相手というのは、原田先輩じゃないか?

だとしたら彼の恋心を潰さねば。卒業前に告白しようなんて思わないように。だがあまりあからさまにやると不審に思われる。うまく誘導せねば。

そんな器用な真似を自分ができるとはちょっと思えなかったが、努力あるのみ、と僕は心を決めると、おずおずと珠里に話題を振った。

「ええと、もしかして恋愛面の相談かな? 誰か気になる人でもいるの?」

「………………はい…………」

消え入りそうな声で珠里が返事をする。

「…………」

誰っ?

勢い込んで問おうとし、かえって引かれるか、と気づいて思いとどまる。

「ええと、その人は僕も知ってる人？」

探りを入れねば。もし先輩だったら『もう付き合っている人がいるみたいだよ』とさりげなく伝え、諦めさせればいい。

果たして珠里は名前を言うか。ドキドキしながら問いかけた僕の前では珠里が、どうしよう、という顔で黙り込んでいた。

「言いたくなかったら言わなくてもいいよ。何を相談したいのかな？」

焦っちゃいけない。まずは聞き出すことだ。猫撫で声を出しつつ僕はそう自分に言い聞かせた。

「……あの…………好きな人がいるんですけど、その人の目は他の人に向いているんです。どうしたらいいと思いますか？」

「……それは………」

正直、思いもかけない相談だった。相手は誰なんだ？　先輩か？　でも先輩の目が他に——ぶっちゃけ僕に向いていると、彼が気づく機会はあっただろうか。

僕は他人《ひと》の恋愛関係には疎いが、珠里は酷く敏感で、それで気づいたのか？

それとも相手は先輩じゃなく、他だと——他校の女子なんだろうか。

ここで僕はふと、なぜ珠里は他の誰でもなく僕に相談を持ちかけてきたのかな、ということに疑問を持った。

珠里とは同じ短距離ではあるが、部活以外で顔を合わせるほど親しくはない。その僕に声をかけてきたということはやはり、僕と先輩が付き合っていると知って、それで牽制《けんせい》をしてきたんじゃないだろうか。

こんな可愛い顔をしている割りに腹黒キャラだったのか？　それとも考えすぎか？　身構えた僕に珠里が切々と訴えかけてくる。

「その人が誰を好きでも、自分の気持ちを変えることはできないんです。諦めることはできない……そんなとき、先輩ならどうしますか？」

「……君が好きな相手は誰なの？」

その相手が先輩だとしたら全力で彼の思いを叩き潰す。でもそうじゃなかったら親身になって相談に乗ってやりたい。

そう思わせるような必死さが、珠里の告白にはあった。

「それは………」

珠里が困り切った顔になり、ぼそりと告げる。

「……言えません……」

「陸上部の人？　それとも他校の子？」

前者だったら徹底的に追及する。後者だったら親身になる。そのくらい教えて欲しい、と問いかけると、暫しの沈黙の後、珠里は、

「他校です……」

消え入りそうな声でそう告げ、僕を心底ホッとさせた。

「そう……」

よかった。珠里が好きなのはきっと、他校の女子だ。それなら、と僕は一生懸命、彼にとってどう答えるのが望ましいかを考えながら話しかけていった。

「告白はしたの？」

「……していません……」

ふるふると珠里が首を横に振る。

「望みがないと思っているから？」

その気持ちもわかる。僕も先輩に告白することができなかったから——そう思いながら問うと、果たして珠里は、こくり、と首を縦に振った。

「……勇気が出ない？」

こくり、とまた珠里が首を縦に振る。

「……でも、言葉にしないと伝わらないことはあるよ」

それはそのまま、自分に向けられた言葉だった。

「誠意をもってぶつかってみることを勧める。相手の目が他に向いているっていうのは、もしかしたら珠里の思い込みかもしれないだろう？　自分の気持ちを伝えないまま諦めるのはきっとあとあと後悔すると思うんだ。ダメモトでぶつかってみたほうがいいと思う」

そう。ダメモトでぶつかってみよう。結果、先輩に嫌われたとしても自業自得だ。もともとの『未来』では僕と先輩は付き合ってなんていないのだ。

本当の僕の姿を知ってもらって、それで先輩に嫌われたとしたら、それが『現実』ということだ。

よし、明日こそ先輩に真実を告げよう。一人密《ひそ》かに拳を握り締めていた僕にとって、もう珠里は眼中にない存在だった。

その珠里から、

「先輩」

と声をかけられ、そういや今は彼といたんだった、と思い出す。

「あ、ごめん。何?」

問いかけると珠里は少し躊躇《ちゅうちょ》した顔になったあと、こう問いかけてきた。

「先輩って今、好きな人、いますか?」

「いるよ」

さっきは躊躇した彼の問いに今回即答してしまったのは、今の今まで先輩のことを考えていたせいだった。

「そう……ですか」

珠里が少々面食らった顔になりつつも相槌を打つ。そんな彼の様子を見た途端、羞恥《しゅうち》が込み上げてきた。

「僕のことなんてどうでもいいだろ？　珠里の話を聞かせてくれよ」

我ながらわざとらしいと思いながらも、話題を珠里本人に振る。

「僕はもう……いいです」

そのわざとらしさが伝わってしまったのか、珠里はその後、どんなに水を向けても自身の恋心について語ることはなかった。

相談に乗れたのかどうか、微妙な感じではあったが、珠里のほうから、

「今日はありがとうございました」

と言われたので、もういいのかな、と判断し、僕たちはファストフード店を出た。

「それじゃ、また来週」

「ありがとう……ございました」

珠里はすっかり元気をなくしていた。僕のアドバイスが気に入らなかったのかもしれない。頼りにならない先輩と呆れられたのかも。実際頼りにならないので仕方ない。アドバイスを求める相手を彼は間違えたのだ。

諦めてもらおう、と先輩らしからぬことを思いながら、彼と別れ帰路につこうとしたとき、学校に忘れ物をしたことに気づいた。

月曜に提出する宿題があったのに、いつものように数学の教科書を机の中に入れっぱなしにしてしまったのだ。

宿題をばっくれるわけにはいかない。仕方がない、と再び学校に戻ることにした僕の頭からは、珠里の相談ごとの件はすっかり抜け落ちていた。珠里の好きな相手が他校の生徒であることがわかったためだ。

しまった、彼の恋をもっと応援すればよかった。片想いの彼女と彼がめでたく恋人同士になったら、約一年後に原田先輩に告白をすることもないだろうに。

そうだ、週明けにこちらから声をかけてみよう。どこの誰、と聞き出し、なんとか両想いになれるよう、働きかけてやろう。

とはいえ、その方法を少しも思いつかないけれど。そんなことを考えながら僕は、学校の裏手、例の階段を駆け上った。

階段を転がり落ちるのが怖くて、あれ以来近づいていなかったのだが、今日は色々なことに思考がいってしまっていたので、近道のためについ、裏門から入ろうとしてしまったのだ。

階段を駆け上っている最中、しまった、と気づいたが、ここまできて引き返すのも何か、とそのまま階段を上りきることにする。

「あっ」

あと数段で裏門に到着する。そこで気が抜けたんだろうか。靴の裏で小石を踏んづけた拍子にバランスを失い、後ろに倒れ込んだ。

「うそ……っ」

銀ちゃん——そのボケは今回も発揮されることはなかった。

まさかのデジャビュ。いや、この間は頭からすっころんだのだった。前向きか後ろ向きかはともかく、またも階段を転がり落ちるという現象を止める術が、僕にはなかった。

「うわーっ」

勢いをつけて駆け上っていただけに、転がり落ちるスピードも速かった。腰を強く打ったあと、頭も強打し、意識が遠くなる。

これで死ぬことになったらこの世に未練が多すぎる。そんなことを考えたのを最後に僕の意識は深い闇に飲み込まれ、階段の下に到達するより前にどうやら気を失ってしまったようだった。


「輩、先輩っ」

ゆさゆさと身体を揺さぶられ、意識が戻る。

「……いた……」

強く打った頭が痛い。頭より腰のほうが痛いか。

それにしても酷い目に遭った。二回も階段から落ちるなんて、と僕はうっすらと目を開き――。

「先輩、大丈夫ですか？」

視界に飛び込んできた珠里の顔に違和感を覚え、一気に覚醒した。

「じゅ、珠里？」

「ああ、よかった。びっくりしましたよ。階段の下に倒れてる先輩を見つけたときには」

心底安堵しているのは間違いなく珠里――のはずだった。

でも何かがおかしい。僕の知る珠里はもっと、なんというか。可愛らしかったはずだ。

「先輩？　大丈夫ですか？」

まじまじと顔を見つめるだけで口をきくことも忘れていた僕を訝《いぶか》り、珠里が――珠里と思《おぼ》しき男が問いかけてくる。

「珠里……だよな？」

「……やっぱり先輩、打ち所が悪かったんじゃあ……」

またも酷く心配そうな顔になった珠里は――僕の見知っているあの珠里ではなかった。

第一、骨格が違う。珠里は僕より三センチくらい背が低かったはずなのに、目の前にいる珠里はやけに肩幅ががっちりし、顔もすっかり『美少年』から『美青年』という感じに成長している。

何が起こっているのか今一つ把握できず、呆然《ぼうぜん》としていた僕の肩をまた、珠里が揺さぶってくる。

「先輩、大丈夫ですか？　病院、行きましょう。打ち所が悪かったのかもしれない。立てますか？」

「あ……うん……」

立てると思う。頷いたものの、珠里に対する違和感は半端なく、やはりまじまじと顔を見上げてしまう。

「……先輩……」

珠里が泣きそうな顔になった。その直後、なんと僕は彼に——抱き上げられてしまった。

「お、おいっ」

「すぐにも病院にいきましょう。中央病院なら土曜日の今日もやってるはずです」

「ちょ、ちょっと待ってくれ」

立ち上がった珠里の身長は百八十センチ近くあることがわかった。なんで珠里の背がそんなに伸びているんだ？　やっぱりこれは珠里じゃあないのか？

頭が混乱しきってしまって、何一つまともに考えられない。

「じゅ、珠里だよな？」

先ほどはちゃんとした返事を得られなかった。本人に確かめるのが一番、と再度問いかけると珠里――と思しき男がますます心配そうな表情になる。

「僕がわからないなんて、やっぱり先輩、頭の打ち所が悪かったんですね」

「いや、そうじゃなくて、いつの間にそんなに背が伸びたんだ？」

気を失っていたのなんて、ほんの数分じゃないかと思う。なのになぜ――と疑問を口にした瞬間、いやな予感が胸を過《よ》ぎった。

「いつの間にって、いやだな、二年の夏から一気に伸びたじゃないですか」

本当に大丈夫ですか、と珠里が端整な眉を寄せる。

「二年の……夏？」

珠里が？　二年の夏？　ということは今は？

まさか――ますます嫌な予感が膨らみ、彼に抱き上げられたまま周囲を見回す。

風景は冬だった。僕が階段を転がり落ちたときは初夏だ。なぜ季節が巡っている？

やっぱり――いやいやいや、あんな特異なことが、何度も自分の身に起こるわけがない。

でも。でも。でも。でも。でも――。

「先輩、すぐ病院行きますから」

安静にしていてください、と珠里が真摯な顔になりそう告げたと同時に歩き始める。

「……珠里、あの……今は平成何年の何月になる？」

胸に立ちこめる嫌な予感を払拭《ふっしょく》したい。だからこそ問いかけた僕は、不審そうにしながらも答えてくれた珠里の言葉を聞き、ああ、と頭を抱えてしまったのだった。

「平成二十五年の十二月ですけど？」

本当に大丈夫ですか、と珠里が慌てた声を出す。

「……大丈夫……じゃない……」

なんてことだ。どうやらまたも僕はタイムスリップをしてしまったらしい。

しかも今度は過去じゃなく未来に。実際の時間の約一年後、ついこの間まで過ごしていたときからは約二年後の世界にいる、ということになる。

そんな馬鹿なことがあるんだろうか。だが二年を経ていると思えば、珠里の成長も納得できた。一年生の珠里なら僕を抱いたまま、駆けるようにして病院に向かうことなどできようはずがない。

逞《たくま》しい彼の腕の中に自分がいるのが現実と、ようやく僕は認識しつつあった。が、彼の成長ぶりに対し、自分にはあまり変化はないようだ、と自身の身体を見やる。

身長も伸びていない。体格も細いままだ。髪は、と手をやり、続いて顔も触ってみる。

「先輩、どうしたんです？　頭が痛いんですか？」

僕の動作を訝ったらしい珠里に、相変わらず心配そうに問いかけられ、

「大丈夫」

と答えはしたものの、実際はあまり『大丈夫』と言えるような状態ではなかった。そんな僕に珠里は、ますます僕を『大丈夫』な状態から遠ざけるような発言をし、僕を絶叫させたのだった。

「心配です。これから受験だっていうのに」

「じゅ、受験っ⁉」

問い返してから、珠里が二年ということは僕が今、高校何年生かということに今更気づく。

「受験生ーっ⁉」

なんてことだ。今は高校三年生の冬ってことか？　僕は間もなく受験を控えている身ってことなのか？

「うそだろーっ」

動揺しまくる僕の声が路上に響き渡る。

「先輩、やっぱり打ち所が悪かったんですね」

急ぎます、と今までより速いスピードで路上を駆け出した珠里の心配げな声はもう、僕の耳に響いてこなかった。

これが夢でありますように。とびきりの悪夢でありますように。

その願いは間もなく空《むな》しく潰《つい》えることになるのだが、そうとは認めたくなかった僕は珠里の腕の中でただただ天に祈り続けてしまっていた。

5

担ぎ込まれた病院は、前回——約三ヶ月前、時系列的にはもしかしたら二年近く前になるかもしれない——と同じところだった。

なんたるデジャビュ、と思いつつ、その後、検査のために総合病院へと向かう。一通り検査をする間、今回は珠里《じゅり》がずっと付き添ってくれた上で、検査が終わるたびに、

「先輩、大丈夫ですか？」

と本当に心配そうに問いかけてくれ、少しでもよろけようものなら、慌てた様子で身体《からだ》を支えてくれた。

別に打ち所が悪かったからふらふらしていたわけじゃない。知らないうちに二年の時を飛び越え、今自分は三年生で、あと一月あまりで受験となると一体どうしたらいいんだと途方に暮れてしまっていたためだった。

そもそもタイムスリップの定義がどんなものかは、イマイチわかっていないのだが、僕の場合、外見はその時代のまま、頭の中身、というのか、意識、というのか、それだけがすぽっと身体に入る、という感じだ。

過去に戻ったときには、一年後の記憶もそのまま残っていたが、今度は未来に飛ばされてしまった。この、僕にとっては『未来』の記憶は、頭の中に一切ないのだ。

僕はどういう『三年生』の時間を送ってきたのか。さっぱりわからない。記憶がないことも日常生活を送るのには支障が出るだろうが、受験生の今、学力も伴ってないというのがもう、致命傷といってよかった。

一年分の勉強を、受験までの残り少ない時間で果たしてできるのか。できるわけがない。どうしよう、もう端《はな》から浪人確定ってことか？　三年生になってからの勉強は一体どこでやればいい？

「……ああ……」

考えれば考えるほど目の前が真っ暗になる。頭の中はそのことでいっぱいで、そのせいで歩行もままならず、ついよろけてしまっていたのだが、珠里にそれがわかるはずもなく、彼の眉間《みけん》から心配していることを物語る縦皺《たてじわ》が消えることはなかった。

すべての検査を終え、今わかる範囲では異常はないようだ、という医師の診断を聞いたあと、僕は珠里と看護師に付き添われ支払い窓口へと向かった。

「あなた、確か二年前にも来なかった？　階段から落ちたといって……」

年配の看護師は僕のことを覚えてくれていたようだ。実は僕も彼女の顔に見覚えがあった。僕にとってはたった三ヶ月前に会った人だから覚えているのも不思議はないが、実際の時

間は約二年、流れている。二年前に来た患者を覚えているなんて凄《すご》いな、と僕は感心しながら、

「その節はお世話になりまして」

と頭を下げた。

「二年前も先輩、階段から落ちたんですか？」

珠里が驚いたように問いかけてくる。

「あ、うん……」

幾分、呆《あき》れているニュアンスを感じ、少々面白くなく思いつつ頷《うなず》く僕の声に被《かぶ》せ、看護師のうっとりした声が重なった。

「あのときにも背の高いイケメン君が付き添ってくれたのよね。今日もまた違うイケメン君が付き添ってくれてるのね」

どうやら彼女の記憶に残っていたのは僕じゃなく、長身のイケメン——要は先輩だった、というわけだ。

「背の高い……もしかして、原田《はらだ》先輩……ですか？」

珠里が敏感に気づき、問いかけてくる。

「あ、うん……」

頷いてから僕は、ふと、そういや珠里も一年の終わりに、卒業する先輩に告白したのだ、

ということを思い出した。

あの告白を僕はこの二年の間に、無事、阻止することができたんだろうか。僕と先輩はいい雰囲気になっていたが、あのまま付き合うことになったのか？　もし付き合っていたとして、今、先輩はどこで何をしているんだ？

僕が高三ということは、先輩は大学一年だ。結局先輩は京大に行ったんだろうか。それとも東京の大学に進学したんだろうか。

そう、僕は先輩が京都には行かないように画策しようとも考えていたのだった。デートを重ねるうちに、もしこの先付き合うことになったとしたら、四年間も離れ離れになるのはつらいので、先輩が東京の大学に通うよう運命を変えていけたらと、そんな妄想を僕は抱《いだ》いていたのだ。

その『妄想』は果たして実現したのか。それ以前に、先輩は今、僕と付き合っているのか。それとも付き合っているのは目の前にいる珠里か。それともまったく違う誰かか。

気になる。さりげなく珠里に聞いてみようか。どうやって『さりげなさ』を装うか、と考えるより前に僕は直球で彼に問うてしまっていた。それだけ気になって仕方がなかったのだ。

「あのさ、原田先輩なんだけど、今、何してるのかな」

「え？」

珠里がきょとんとした顔になる。すっかり『青年』、しかもとびきりの『美青年』に成長してはいるが、今の顔にはかつての美少年時代の面影があるな、と気づけば僕は彼の顔を凝視してしまっていたようだ。

「あ、あの、何してるってどういう意味ですか？」

バツの悪そうな様子で珠里に問われ、無遠慮に見つめすぎたかと反省しつつ僕は、どう聞けばいいんだ、と迷った挙げ句、更に直球を投げてしまった。

「ええと、その、先輩は今、京都？　それとも東京？」

「え？」

またも珠里は戸惑った顔になったが、すぐ、

「帰省するって話は誰からも聞いてないし、時期的にまだ京都なんじゃないですかね」

訝《いぶか》りながらもそう答えてくれた。

「あ、そう……なんだ……」

この口ぶりからすると、結局先輩は京大に進学したようだ。なんだ、とがっかりする反面、先輩の運命を変えずにすんでよかったのかも、と安堵《あんど》もしていた。

だが恋愛は別だ。先輩の運命が珠里と付き合うことに決まっていたとしても、そこはなんとか覆したい。

果たして今、先輩は誰と付き合っているのか。大学はともかく、先輩の恋人は誰か、なんてこと、さすがに直球では聞きにくい。

かといって婉曲《えんきょく》に聞くにしても、どう切り出していいのかわからないし——うーん、困ったぞ、と黙り込んだ僕に、珠里がおずおずと問いかけてくる。

「先輩、本当に大丈夫ですか？　明日、学校行かれます？」

「だいじょう……」

ぶ、と答えかけ、はっとし顔を上げる。

「僕は……何組だ？」

「はぁ？　先輩、何言ってるんです？」

三年に上がる際のクラス替えで、僕は一体何組になったのか。担任は誰だ？　受験はどこの大学を受けるつもりなんだろう？

家に帰ればわかるのか。親に聞けば何かわかるか？　しかしなんて聞く？　過去から来たもので一年分、体験していないんです。僕この一年、何やってました？　なんて聞けるか？

「……ああ……」

素《す》っ頓狂《とんきょう》ともいっていい声を上げた珠里の問いに答える気力はなく、溜《た》め息《いき》を漏らした僕の耳に、

「あの、先輩もしかして……」

という、珠里の遠慮深い声が響いた。

「もしかして……頭を打った衝撃で、記憶が飛んでるんですか？」

「それだっ‼」

記憶喪失。それで行こう。弾んだ声を上げてから、しまった、と慌てて口を閉ざす。

「……『それだ』……？」

珠里が問いかけてきたのに僕はあわあわとしながら言い訳を始めた。

「ごめん、なんでもない。なんか頭がぼうっとして、何がなんだかわからないと思ってんだけど、ああ、記憶喪失なんだなって気づいたから、その、『それ』なんだよ」

自分でも何を言ってるのかさっぱりわからない。僕にわからないものが珠里にわかるわけもなく、

「とにかく、記憶がないんですね？」

と眉《まゆ》を顰《ひそ》めつつ、そう確認を取ってきた。

「うん」

「どうしてそれ、先生に言わないんです」

途端に先輩に対するものとは思えないほどの厳しい声で問われ、あまりの迫力に息を呑《の》む。

「もう一度、先生に診てもらいましょう。記憶がないなんて、脳を損傷した可能性が高いんじゃないですか」

さあ、と珠里が僕の腕を引き、いつの間にか去ってしまっていた看護師のあとを追おうとする。

「大丈夫だよ。もう、ちゃんと検査したし……」

「大丈夫じゃありません。記憶がないことは医者に伝えてないじゃないですか」

きっぱりと珠里が言い放ち、僕の腕を引いて医師の元に向かおうとする。

「大丈夫なんだ。記憶がないのは当然なんだから……っ」

珠里の剣幕に、つい本音が出た。しまった、と思い口を閉ざしたが、時既に遅し。

「……当然？」

珠里に聞き咎《とが》められてしまった。

「なんで当然なんです？」

「ええと、だから、その……」

何か上手《うま》い言い訳を考えようとしたが、珠里の追及の鋭さを前に、言葉は失われていった。

「さっきから先輩、様子がおかしいですよね。記憶がないことに少しも動揺していない上で、あれこれ追及してくる。それに受験に動揺しているのも不自然でした。自分が受験生だっていう自覚くらい、普通ありますよね？」

「ええと、その、だから……混乱してしまって……」

「でも記憶がないのは当然なんですよね？」

「いや、当然じゃなくて、その……」

「先輩、一体何を隠してるんです？」

珠里の鋭い追及に、結局僕は白旗を揚げることになってしまった。

「……信じられないと思うけど……」

実際、説明する段になり、きっと珠里にはまた『医師に話を聞いてもらいましょう』的なリアクションをとられるだろうと半ば諦《あきら》めていた。

「階段から落ちたとき、タイムスリップしたんだ」

「…………」

予想通り、珠里は鳩が豆鉄砲を食ったような顔になっている。まあ、信じろと言うほうが無理だよなと思いながら僕は、ざっと経緯を説明した。

「そういうわけなんで、記憶がないのは当然なんだ。あと、妄想じゃないから。信じられないと思うけど、本当のことなんだ。でも信じなくてもいいから」

もしも僕が同じ話を聞いたとしても信じられないだろうから。そう思い言葉を足すと、珠里ははっと我に返った顔になり、

「信じますからっ」

と、あまりにもきっぱりと頷いた。

「……え……？」

信じがたい言葉を聞いた。唖然《あぜん》とした僕の手を珠里がぎゅっと握り締める。

「僕は何が起ころうが、先輩の味方です。役に立てることがあればなんでもやります。だか

ら……だからどうか、僕に隠しごとはしないでください」

切々と訴えかけてくる珠里からは、真摯《しんし》さしか伝わってこなかった。

「……信じてる……のか？」

自分で聞いておいてなんだが、普通は信じないだろう、と問いかけた僕に向かい、珠里は当然のように、

「信じますよ！」

と頷いてみせた。

「先輩、嘘つけるような人じゃないですし」

「にしても、タイムスリップだよ？　ＳＦかよって話じゃないか？」

もしも逆の立場だとしたら僕は絶対信じないと思う。頭を強打したんじゃないかと疑うだろう。

あ、もしかして、それを疑った上で僕を刺激しないよう、話を合わせているんじゃなかろうか。

このあと『ともかく先生のところに行きましょう』とかなんとかいいように丸め込んで医者に診せる気じゃないか？

――という僕の読みは、あっさり外れた。

「先輩の空白の時間を埋める手伝いをさせてもらいます。いつからいつまでを説明すればい

いですか？」

「ええと……あの……」

真剣な顔で問いかけてくる珠里に対して戸惑うあまり、あわあわとするばかりで言葉が少しも出てこない。

「落ち着いて話しましょう。そうだ、僕の家に来ませんか？　幸い誰もいないのでゆっくり話はできますよ」

珠里の誘いに乗るべきか、断るべきか、その判断すらつかないでいた僕は結局、彼に導かれるがまま、半年前から両親が海外駐在となったせいで一人暮らしをしているという珠里の家へと向かったのだった。


「散らかってますけど……」

そう言いながら通してくれたのは、ここはモデルルームですか、と聞きたいくらい綺麗《きれい》に片付いたリビングだった。

「立派な家だね……」

普段の言葉遣いから、珠里はお坊ちゃんじゃないかと思っていたが、こんな豪邸に住んで

いるところを見ると本当に『お坊ちゃん』だったんだな、と改めて感心している僕を珠里はソファに座らせると、

「何、飲みますか？」

「寒くないですか？　もっと室温、上げましょうか」

と、甲斐甲斐《かいがい》しく世話を焼こうとした。

「それより、色々、教えてほしいんだけど……」

空白の一年間——二年間、か？　だんだんわけがわからなくなってくる——を。

一回目のタイムスリップで時間を遡《さかのぼ》った結果、僕は原田先輩と付き合うことになった。運命が変わったのだ。

となるとタイムスリップ前に僕が体験したのとはまったく違うことが起こっている可能性が高く、『空白の時間』は約一年ではなく約二年である。

一年にしろ二年にしろ、『空白の時間』は勿論《もちろん》埋めたいが、今、何より知りたいのは『現在』のことだ。

「僕は今、何組で、受験はどこを受けると言ってた？」

「三年五組です。宮田《みやた》先輩と同じクラスですよ。志望校まではちょっと……文系の私大というこことくらいしかわからないです」

すみません、と申し訳なさそうに珠里が謝る。

「いや、僕が悪いよ」

後輩に志望校を明かすわけがない。珠里と僕は仲が悪いわけではないが、そう親しくもなかったのだから知らなくて当然だろう。

家に帰れば赤本くらいあるだろう。しかし志望校がわかったところで高二までの学力しかないゆえ、どの大学も受かる気はしなかった。

最初から浪人覚悟で受けるしかないか。受験が目の前、と悟ったときには動揺しまくったものの、どうにもならないことは諦めるしかない。

諦めがつくと切り替えは我ながら早かった。

「受験はもう諦めた。部のこと、教えてくれるか？」

学年が違えばクラスのことを聞いても無駄だろう。珠里と自分との接点は部活のみだから、彼に聞くことができるのはそれしかない。

クラスメートか、部活で同じ学年の誰かに探りを入れたほうがよほど身になる話が聞けるはずだ。そのときには『階段から落ちて頭を打ったせいで、一時的に記憶がなくなった』とでも言えばいいか。そんなことを考えながら問いかけた僕は、返ってきた珠里の答えに暫《しば》し唖然とすることになった。

「部はもう先輩、引退していましたので、普段の生活について先に説明しますね。先輩と同じクラスは陸上部では宮田先輩と田中《たなか》先輩、その二人とは勿論いつもつるんでましたが、それ以外に、席が前後ということで、水泳部の水口《みずぐち》先輩とも仲がよかったです。昼は二人で食べていることが多かったですね。水口先輩とはよく、放課後に図書館で勉強していました。普段は図書館で勉強してから帰宅することが多かったようです。塾には特に行ってないと聞きました。月、水以外は真《ま》っ直《す》ぐ家に帰っていたみたいです。おそらく水口先輩が月水で塾に行ってるんでしょう。ああ、そうだ。先週は掃除当番でしたよ。それから、そうだな、他には……」

「く、詳しいな」

次々と僕の日常生活やら交友関係やらが珠里の口から語られることに圧倒されていたが、珠里がここで息を吐いたのと同時に思わずそう呟《つぶや》いてしまった。

「ええ、まあ」

珠里がにっこりと目を細めて微笑《ほほえ》む。

「先輩のことならなんでも聞いてください」

「……僕たち、そんなに仲、よかったのか？」

意外すぎたためつい聞いてしまったが、珠里が虚を衝《つ》かれた顔になったのを見て、しまった、悪かったか、と反省した。

「あ、いや、その、記憶にある限りでは、そこまでじゃなかったっていうか……」

もともとの『記憶』では、殆《ほとん》ど交流はなかった。一度過去に戻ってからの『記憶』では、慕ってくれてはいたが、そう親しくはしていなかったと思う。

その後、二年が過ぎる間に特別親しくなったんだろうか。何かきっかけがあったとか？

ああ、部活動が関係しているのかな、と思い、問いかけようとしたのがわかったのか、珠里が気を取り直した顔になり、再び口を開いた。

「親しい……というか、副部長の先輩の仕事を手伝ううちに、そこそこ仲良くしてもらえるようになったというか……そんな感じです」

同じ短距離だったたし、と照れたように笑う彼に、そういうことだったんだ、と納得し、そういえば、と気になることを問うてみる。

「僕さ……その、都大会で選手になった？」

短距離は人数も多かったし、無理かな、と思いつつ問いかける。

「一度出場されてましたよ」

珠里が少し困ったような顔になりながら答えてくれたのを見て、引退前のお情けでの出場だったんだなと察し、それ以上追及するのはやめにした。

「珠里は？」

自分のことばかり聞くのも何かと思い、そう聞いたのを僕はすぐ後悔することになった。

「あ、はい……」

ますます困った顔になる珠里を前に、気を遣うということは、と答えを察する。

「代表選手なんだ」

「……はい……」

気まずそうに頷いた彼に、気を遣われるほうが切ないと思いつつ、結果を尋ねた。

「どうだった？　表彰台、上れた？」

そう聞きはしたが、おそらく答えは否定だろうと僕は想定していた。意地悪からじゃない。一年生の珠里のタイムが僕よりも遅いくらいだったからだ。

——が、彼の答えは僕の予想を超えていた。

「はい……インターハイで三位に入りました」

「インターハイ⁇」

言うまでもなく、都大会の先にインターハイはある。なんということだ。全国で三位？あの珠里が⁇　信じられない、と大声を上げた僕の前で珠里が困ったように頭を掻《か》く。

「その……二年の夏に急に背が伸びたんです。十五センチ以上……」

「そ、そうだよな。今、百八十近く、ありそうだもんな……」

顔立ちも変わっている。今の珠里を見て『美少女みたい』と思う人間はまずいないだろう。すっかり逞《たくま》しく、そして凛々《りり》しくなっている。

何みたい、といえばいいのか、と少ない語彙《ごい》の中で考え『アポロンのような』という表現を思いついた。

さぞモテるんだろうなあ、と溜め息を漏らしそうになった僕の脳裏に原田先輩の顔が浮かぶ。

「あ……」

そうだ。結局僕は珠里が先輩に告白するのを阻止できたんだろうか。

過去に戻った結果、僕は思惑どおり、先輩と付き合うことができた——んじゃないかと思う。だが、今、先輩は京都大学に通っているという。これは何を意味するのか。

僕と先輩は無事に付き合い続け遠距離恋愛をしているのか。それとも結局未来は変わらず、先輩は卒業式の予行演習の日に告白された珠里と付き合っているのか。

それとも、僕とも珠里とも付き合っていないのか。

気になる。

「先輩……？」

気づけば珠里を凝視してしまっていたようだ。居心地が悪そうに問いかけられ、はっと我に返ったものの、やはり気になる気持ちは止められない、と思い切ってきいてみることにした。

「珠里さ、今……」

だがさすがに
『先輩と付き合っているの？』

と聞くのは躊躇《ためら》われ、質問を変える。

「今、付き合ってる人、いるの？」

「えっ？」

珠里が驚いたように目を見開き――次の瞬間、真っ赤になった。

みるみるうちに端整な彼の顔が赤く染まっていくさまはなんというか圧巻で、へえ、と感心して見入ってしまう。

「ど、どうしてですか……」

珠里がぼそっとした声でそう問い、上目遣いに僕を見る。そういう顔には昔の『美少女』の面影があるな、と思いながらも僕は、これという理由を思いつかなかったこともあり、本当に知りたいことをずばりと問うてみた。

「見たから。珠里が原田先輩に告白しているところを」

「ええっ」

その瞬間、珠里が今までになく大きな声を上げた。

「う……うそでしょう？」

目に見えて顔色が変わっていく。

ここまで動揺するということは、告白はしたということだろう。当時美少年だった珠里の告白に対し、先輩はどう答えたんだろうか。

『うん。付き合おう。僕も君のこと、ずっと可愛いと思ってたんだ』

最初の記憶どおり、オッケーしたんだろうか。その場合、僕はどうなった？　先輩の部屋に呼ばれ、そこでそれなりのことをするはずだった僕は、そのときには先輩と別れていたんだろうか。

やっぱり知りたい。衝動を抑えきれず、僕は、

「嘘じゃないよ」

と言い切った。

「偶然、見てしまったんだ。びっくりした。先輩が珠里の気持ちを受け入れたのもこの目で見たんだけど、今も付き合っているの？」

ぶっちゃけすぎと思いつつも問いかけると、珠里は傍目《はため》にも気の毒なほどに動揺しまくり、わけのわからないことを言い始めた。

「つ、付き合ってなんてないです。てか、先輩、見てたんですか？　僕が告白するとこを？　マジで？　嘘ですよね？　だってそんな、僕、どうしたら？　あれはその、なんていうか、その、ええと、その……」

「まずは落ち着こう」

話はそれからだ、と僕は身を乗り出し、珠里の両肩を摑《つか》んだ。

「は、はい……」

珠里がごくりと唾《つば》を飲み込み、僕をじっと見つめ返す。

「先輩とは付き合ってないの？　告白したとき、オッケーって言われたよね？」

だが改めて僕がそう問いかけるとまた珠里はあわあわとしはじめ、会話が成立しなくなった。

「違うんです。その、あれは、なんていうか、その、告白ってより、ええと、なんていったらいいのか、その、マジでその、付き合ってはないので、その……」

『なんていうか』的な言葉と『その』しか言わない彼からは、これ以上何も話は引き出せなさそうだった。

だが、どうやら先輩とは付き合っていないようだ、と察し、安堵に胸を撫《な》で下ろす。

となると先輩が今、誰と付き合っているのかが気になったが、それを聞く勇気はやはり出なかった。

僕、というのなら、今の時点で珠里が言ってる気がする。言わないということは違う、という理由ともう一つ、知らない、という理由が考えられるが、なんとなく僕は後者なんじゃないかと想像した。

「あの……ですから、その……」

「もういいよ。ごめん、驚かせて」

額にびっしりと汗を浮かべながら、取り繕おうとする彼を見ているのが気の毒になり、話はもう終わりにしよう、と会話を打ち切る。と、何を思ったのか珠里が手を伸ばし、僕の手を両手でぎゅっと握り締めた。

「ともあれ！　これから先輩には僕がついていますから……っ」

「……はぁ……」

突然なんなんだ、とぎょっとし、反射的に手を引こうとしたが、あまりにしっかり握られてしまって引ききることができなかった。

「僕は先輩のためならなんでもします！　先輩の役に立てるポジションに僕がいるのも、きっと運命だと思うんです！　運命は受け入れましょうよ。ね？　ね？」

「………運命………かなぁ」

前回のタイムスリップの時、側《そば》にいたのは先輩だった。それは『運命』にしたいが、今回は不慮の事故としかいいようがない。

だいたいタイムスリップしなかったら僕は、先輩とキスくらいはしていたはずだった。キスどころか、もうちょっと進んだこともしていたに違いないのだ。

実際僕は先輩とキスをしたんだろうか。していないから今、先輩と離れ離れになっているんだろうか。それとも遠距離恋愛をしているんだろうか。

『運命』とまで言うならそれを教えてくれよ、と恨みがましく見つめる僕の気持ちは珠里にはまったく届いていないようで、

「運命ですって！」

と彼は力強くそう告げると、今まで以上の強い力で僕の手をぎゅっと握り締めたのだった。

その日から僕的にはちょっと『運命』とは認めがたいものの、僕と珠里の二人三脚の日々が始まった。

6

まるまる一年分記憶がないという現況は、受験生の身にはなかなかハードではあった。

授業にはさっぱりついていかれない。その上、クラスメートと話をしようにも、相手は共通の認識と思っていることを把握していないケースが多々あり、会話をするのが怖くなった。

そんな僕にとっての救いは、全てを認識してくれている珠里の存在以外になかった。珠里は今、陸上部の部長に就任している上に、先輩同様、生徒会長もつとめており、さぞ忙しくしていると思うのだが、責任感が余程発達しているのか、休み時間のたびに僕の教室にやってきては他のクラスメートが話しかけることのないよう配慮してくれた。

「あと三日で終業式です。それまで頑張りましょう」

珠里に励まされるたびに、挫《くじ》けそうになる心を立て直すことができた。あと三日。三日間頑張れば、クラスメートに話しかけられるたびに、わけがわからずびくびくする必要もなくなる。

お正月明けには受験が控えているので、登校する機会も減るだろう。それまで持ちこたえればなんとかなる。自分にそう言い聞かせ、その三日を僕は、珠里の協力のもとやっとの思いで乗り切った。

休み時間だけじゃない。珠里の心配りは放課後も続いた。

「受験勉強、頑張りましょう」

諦めたら試合終了です。そう言い彼は、僕自身、こりゃダメだと諦めていた受験に対しても一生懸命に骨を折ってくれた。

「こうなったら早稲田一本に絞りましょう。過去問、十年分ゲットしました。傾向と対策は僕がまとめますから。とにかく繰り返し、過去問をやりましょう」

放課後、珠里は僕を自分の家へと連れていき、いつの間に準備したのか、受験に関する資料を捲《めく》りつつ、役立つ情報をあれこれと提示してくれた。

終業式が終わり、やれやれ、これで約二週間、学校に行かずにすむ、と胸を撫で下ろしていた僕のもとに、既に恒例となっていた珠里の『お出迎え』がやってきて、僕は彼と共に彼の家へと向かった。

「本当にありがとう。珠里のおかげで二学期を終えることができたよ」

この上なく助かっている、と感謝の言葉を告げると珠里は、

「言ったじゃないですか。先輩のためならなんでもするって」

当然のようにそう言い、さすが部活の後輩、と僕を感心させた。

運動系の部活では上下関係は絶対的なものとなる。それにしても珠里は先輩後輩の上下関

係を超える気遣いを見せてくれていると思う。

彼がいなければとても、この数日間を過ごすことはできなかっただろう。心折れてしまったに違いない。

前回のタイムスリップは過去に戻るものだったのである意味気が楽だった。これから起ることが『わかって』いたためだ。

だが未来に飛ばされた今、先のことがわからない上に過去も一年分、飛んでしまっている。自分が何をしてきたかわからないということがこうも不安を呼び起こすとは、実際体験するまでわからなかった。

その上、あと一月もしないうちに受験も始まるのだ。心細いことこの上ない。自棄《やけ》になりそうにもなるし、すべてを投げ出したくもなる。それをせずにすんでいるのは全部、珠里のおかげだ、と僕は彼に対し感謝の気持ちを伝えようと深く頭を下げた。

「本当にありがとう。珠里がいなかったらもう、どうなっていたかわからないよ」

「そんな、改まってなんですか」

やめてください、と珠里が慌てた様子で僕の肩に触れ、顔を上げさせようとする。

「言ったでしょう？　あなたのためならなんでもしたいって」

「あなた……」

その呼びかけは新鮮だ、と、つい顔を上げる。

「あ、すみません……っ」

目が合った途端、珠里がはっとした顔になり、僕から目を逸らした。

「別にその、なんのつもりもないというか……」

「つもり？」

なんの、と逸らされた視線を追いかけ、彼の目を覗き込む。

「だから、その……あ、そうだ、今日、クリスマスイブじゃないですか。先輩、夜、何か予定、ありますか？」

「……さあ……？」

少なくともこの三日の間に、予定が入ることはなかった。それより前に約束していたら別だが、携帯のカレンダーには特になんの記載もなかったから、高校三年生の僕は一人寂しくクリスマスイブを迎える予定だったのだろう。

「多分、何もないと思うよ」

「それなら、気分転換に遊びにいきませんか？」

珠里の顔がパッと輝いた。嬉しげに笑う彼の笑顔に魅了され、ついまじまじと顔を見てしまう。

「もし……いやじゃなかったら、ですが」

返事をしなかったからだろう。おずおずと珠里が言葉を足す。彼の顔から笑みが消えたこ

とではっと我に返った僕は、

「別に嫌じゃないよ」

と焦って答えた。

「よかった」

また珠里の顔に笑みが戻る。彼が笑っているとなんとなく僕も嬉しくなった。逆に笑いが消えるといたたまれない思いに陥る。

その理由を考え、多分僕は珠里に感謝の念を伝えたいと思っているからだろうなと結論づけた。

こうも自分を思いやり、あれこれ動いてくれる彼には、いやな思いをさせるより、常に嬉しく感じていてほしい。そういうことだろうな、と密《ひそ》かに納得していた僕に、珠里が弾んだ声で今日これから何をするか、提案をし始めた。

「映画にでも行きますか？　それともボウリング？　バッティングセンターでもいいかな。食事は僕、作ります。店はどこも混《こ》んでるだろうし……帰りに買い物して、ああ、そうだ、ケーキも買って、クリスマスを二人で祝いましょう」

「なんかデートみたいだな」

頬《ほお》を紅潮させ、あれこれイブのプランを考えている珠里は本当に綺麗だった。つい見惚《みと》れてしまっていたことが照れくさくなり揶揄《やゆ》すると、珠里はますます顔を赤らめ、

「デート……っ」

と絶句してしまった。

「ごめん、冗談だよ」

先輩思いの後輩の優しい気配りをからかうなんて、悪いことをした。瞬時にして反省し、そういや、と当然気づかなければならないことに今更気づく。

「クリスマスイブっていったら、他に誘いたい人、いるんじゃないの？　恋人同士にとっては大事な日だし。僕に気を遣ってソッチ断ろうとしてるんなら、別にいいよ？　僕は受験生だし、もともとクリスマスで浮かれている場合じゃないし。家で勉強しないと」

「いません……っ！　他に過ごしたい人なんて断じていませんから……っ」

珠里が即座に僕の言葉を否定する。あまりの勢いに押され、思わず、

「彼女、いないの？」

と聞いてしまった。

「いません」

またも即答する彼に、こんなにかっこいいのに、と驚いてから、あ、もしかして、と気づく。

「彼氏？」

「いません」

『即答』のスピードが上がる。

「意外だな」

言ったあと、ああ、こういうことか、と答えに気づいた。

「モテすぎるから一人に絞れないのか」

「モテません。ずっと片想い中です」

「えーっ？」

まさか、と大きな声を上げてしまった僕に、

「ともかく、行きましょう。映画」

珠里が強引に切り替えた話を振ってくる。

「先輩が勉強したいっていうなら、ここで勉強してもらってもいいですが」

「いや、いい。映画、行こう。今、何が話題なの？」

未来の映画に関する情報は、当然ながら持っていない。過去に戻ったときには、先輩が『面白かった』と言っていた映画を率先して選んでいたんだよな、と懐かしく思い出した。

先輩は今、京都でイブを過ごしているんだろうか。誰と？　恋人と？　僕は先輩の恋人になれたのか。それともなれなかったのか。

「……輩？　高柳《たかやなぎ》先輩？」

珠里の呼びかけに、はっと我に返る。

「大丈夫ですか？　もしかして、具合、悪い？」

「ごめん、ぼんやりしてただけだ。行こうか」

先輩と連絡を取りたい。『メリークリスマス』と言い合いたい。

でも――もし、僕と先輩が今も付き合っているとしたら、クリスマスイブの日には先輩からメールの一本も来るんじゃないだろうか。

タイムスリップしたあと、何か、ヒントになればと思い自分の携帯をチェックした。が、メールは一つも残っていなかった。

珠里の話によると、なんと運の悪いことに、数日前に僕は携帯を水没させてしまったそうだ。掃除当番の際に、雑巾《ぞうきん》バケツに落としたという。

おかげでデータはすべて消えた挙げ句、新しく買い直さなければならなくなった。さんざんな目に遭った、とクラスメートに零《こぼ》しているのを珠里は聞いたらしい。

その後、携帯は珠里からの着信以外、チリリとも鳴らなかった。メールも珠里以外からは来ない。

携帯が水没したとはいえ、電話番号もメールアドレスも普通は変えないだろうから、先輩からのメールも受信できるはずだった。

なのに来ないということは、やっぱり僕たちは付き合っていなかったってことなんだろうか――。

「先輩？」

「ああ、ごめん」

またも一人の思考に入り込んでいた僕は、珠里に話しかけられ、はっと我に返った。

「行こう」

せっかく気を遣って、気分転換をさせてくれようとしている珠里に対し、ぼんやりするのは失礼だ。

無理矢理作った笑顔を向けながらも僕の頭の片隅には、原田先輩の爽やかな笑顔があった。

結局僕たちはキスしたり、それ以上のことをしたんだろうか。した結果別れたのか。それともそれができなかったから別れたのか。そもそも付き合っていたのか。付き合う段階に至らなかったのか。

日記でもつけていればわかっただろうが、そんな習慣はないのだから想像しても空《むな》しいだけだ。

先輩のことは今は一時忘れよう。そうじゃないと受験に差し障る。それに今は珠里と一緒にいる。上の空でいていいわけがない。

必死で自分を律しつつ、もうぼんやりしないようにと自分から必死に話を振ろうとする僕を前に、珠里もまた作ったような笑みを浮かべていた。

映画は、今、一番話題だというホラーものを選んだ。ネットでシネコンの予約をしたが、さすがクリスマスイブ、ホラーを観たい恋人同士はいなかったようで劇場内は閑散としていた。

「予約をとるまでもなかったかも」

珠里と顔を見合わせ、笑い合う。

「ポップコーン、食べるか？　飲み物は？」

先輩らしく奢《おご》ってやると言うと珠里は、

「僕、買ってきます」

と、僕の制止を振り切り、売店に向かってしまった。

僕はホラーものは結構好きだったが、どうやら珠里は苦手だったようだ。観ている最中、インパクトのあるシーンになるたび、びくっと身体を震わせ、小声で「うわぁ」と怖そうに呻《うめ》くことからそれがわかった。

だが明かりがつくと彼は僕の顔を覗《のぞ》き込むようにして、

「面白かったですね」

と笑いかけてきた。

「珠里さ、もしかしてホラー苦手？」

指摘すると彼は、少しバツの悪そうな顔になり頭をかいた。

「気づきました？」

「気づくよ。あれだけびくびくされたら」

かっこよすぎる珠里の顔が一瞬、子供のようになったのが可笑《おか》しくてつい噴き出す。

「すみません、あー、怖かった」

夢に見そうです、と肩を竦めた珠里だったが、すぐ、

「先輩は？　楽しめました？」

と僕に聞いてきた。

「うん。面白かった」

「よかった。実は『未来の』先輩がこの映画観たいって言ってたんですよ」

当然覚えていないでしょうけど、と微笑む珠里を前に僕は、なんだかデジャビュだ、と首を傾《かし》げた。

なんの既視感かと考え、ああ、自分が先輩にしたことか、と気づく。

過去に戻ったおかげで、先輩の好みのままの選択ができた。まさか同じことをされるなんて、と苦笑しようとし、あれ、そうじゃないぞと気づく。

珠里は未来からきたわけじゃない。僕と同じ『現在』に存在している人間だ。僕の好みを知っていたのは、彼が『現在』の僕に対し関心を払っていたからに違いない。

「……あの……さ」

タイムスリップした、なんて特殊な状況にいる僕に対し、気を配ってくれているのならと

もかく、彼は普段の僕のことも気にしていたということなんだろうか。

そういや、やたらと交友関係にも詳しかった。僕がもと副部長だからだろうか。さすが、部長と生徒会長、両方に選ばれるような男は違うな、と心の底から感心し、そして感謝している気持ちを珠里に伝えようと口を開いた。

「本当にありがとう。タイムスリップした先に珠里がいてくれてよかった」

「先輩……っ」

珠里はそれを聞き、一瞬はっとした顔になったが、すぐに嬉しそうに——本当に嬉しそうに微笑み、頷いてみせた。

「僕も嬉しいです。こうして先輩と一緒に過ごすことができて」

「ありがとう」

三年生の秋頃から、部活に顔を出す機会も減る。例年そうだからきっと、僕もそうだったんだろう。

後輩に慕ってもらえるって、くすぐったいけど嬉しいものだな、と再び礼を言うと、珠里は何かを言いかけ、すぐ、なんでもない、というように笑って首を横に振った。

「それじゃ、買い物して帰りましょう。先輩、何か食べたいもの、ありますか？」

「うーん、何がいいかな」

「なんでも作りますよ。ああ、カツ丼とか好きでしたよね？」

「よく知ってるなー」

確かにカツ丼は好きなメニューだ。そんなことまで把握してくれているのか、と驚くと同時に、自分は珠里のことをどれだけ知っているのかと考えてみた。

あまり知らない——が、もしかしたら、タイムスリップしてすっ飛ばした一年の間に親しくなり、それなりに知識を得ていたのかもしれない。

「僕たちって、こうしてよくつるんでいたの？」

聞いてみよう、と思い声をかけると、珠里は少し考えた後に、

「時々……ですけどね」

とにっこり笑って答えてくれた。

「じゃあ、珠里が好きなメニューとかも僕は知ってたんだ」

「……ええ、まあ、そうですね」

珠里の声のトーンが次第に下がってくる。

「やっぱり部の引き継ぎをきっかけに特に仲良くなったの？」

「まあ……そうかな」

「家に遊びに行きあったりはしてた？」

「たまには……」

「二人でつるんでたの？　それとも他のみんなも？」

「いろいろ、ですかね」

あまりに話が弾まないことに違和感を覚えつつも、部活での自分が気になり質問を変えた。

「僕はちゃんと副部長の役目、果たせてた？」

「それは勿論！」

途端に珠里の声のトーンが上がり、彼の顔に笑みが戻る。

「頼りになる副部長でした。インターハイでも率先して大声を上げ、応援してくれて……僕が三位になれたのも先輩の応援のおかげです。選手たちみんなにお守り買ってきてくれたんですよ。皆、感激してましたよ」

「そう……なんだ」

当然ながら記憶はない。が、それをやった自分の気持ちはなんとなく想像できた。

自分の果たせなかった夢を──インターハイ出場という、ちっぽけすぎるほどちっぽけな夢だったが──部員たちに託したんだろうな、と思う。

トラックを走る皆をサポートし、少しでもいい結果を出せるよう見守る。それを新たな夢にしたのかもしれない。

スポーツ競技に限らず、実力がなければ夢を達成できないシビアな世界はいくらでもある。その中でくさらず、部員たちに夢を託すことができていたのだとしたら、我ながら誇らしいな。

いつしか微笑んでいた僕は、珠里に手を握られ、はっとして彼を見た。

「僕も本当に嬉しかった。先輩、ありがとうございます」

「覚えてないのが悔しいな」

ぎゅっと手を握られ、僕も更に強い力でその手を握り返す。

「じゃ、帰りましょう。クリスマスに和食っていうのも新鮮でいいでしょう?」

「そうだね。てか、珠里、料理できるんだ。凄いな」

「一人暮らしになりましたからね。とはいえ、簡単なものしか作れないけど」

「僕も料理、やろうかな」

「教えますよ」

先ほどとはうってかわって会話が弾み始める。映画館を出て歩き始めたとき、まだ僕は自分の手が珠里の手の中にあることに気づいた。

「なんか、恋人同士みたいじゃないか?」

やめよう、と笑って手を引こうとしたが、珠里の手は緩まなかった。

「人混み凄いし……はぐれるよりいいですよ」

そっぽを向いたままぼそりとそう言い、ぐっと強く手を引いてくる。

「うん……?」

なんかちょっとおかしい——気がする。覚えた違和感は、だが、再開された会話にすぐ紛れてしまった。

「さっきの映画、最後の最後でどんでん返しがあるじゃないですか。あそこ、びびりませんでした?」

「びびった。でも珠里ほどじゃない」

「またそれを言う。そんなにびくびくしてましたか?」

「うん。横でびくっと反応するのが可笑しくてさ。時々声も上げてたし」

「声は意識してなかった……マジですか?」

映画をネタにまたも会話が続いていく。楽しいとしかいいようのない言葉の応酬に大笑いしているうちに、手を繋《つな》いでいることを忘れていた。

思えばタイムスリップしてこのかた、初めて心の底から笑った気がする。本当に珠里には何から何まで世話になるばかりだ、と傍らを歩く彼を見る。

知らないうちに逞しく成長した珠里。もとの世界の僕と同じ年齢になるのか、と気づき、なんだか不思議な気がした。

当時の僕より今の珠里のほうがよっぽど頼りになる。彼の成長ぶりをタイムスリップですっ飛ばしたおかげで見られなかったことを、残念に思う自分がいた。

「どうしたんです?」

珠里がくすぐったそうに笑い、僕の目を覗き込んでくる。

「なんでもない」

くすぐったい気持ちは伝染するようで、僕もなんだかくすぐったくなってしまいながら頼りになる後輩に笑い返し、言葉にすることなく感謝の思いを伝えるために、握ったままになっていた手をぎゅっと握り直したのだった。


百貨店もスーパーも大混雑だったが、珠里は手際よくカツ丼の材料とクリスマスケーキをゲットし、僕を連れて再び彼の家へと戻った。

料理は自分がするので、その間、勉強しているといいというありがたすぎる申し出を受け入れ、リビングの机の上で早大の問題集を広げる。

「……え……」

問題の余白に細かい鉛筆書きの文字がびっしり書かれていた。綺麗な字は珠里の筆跡に間違いない。

これは高三の授業で習うもの、教科書は何ページ参照、これは高二、この十年の間の出題率は七割、等、全ての問題に解説がしてある。

「珠里……」

まさかわざわざ調べてくれたのか？　忙しい中、僕のために？

だとしたら申し訳なさ過ぎる、と僕は慌ててキッチンへと走り、珠里に問題集を差し出した。

「なんです？」

珠里が調理の手は休めず問いかけてくる。カツ丼が食べたいという僕のために、彼はカツから作ってくれていた。

「これ、わざわざ調べてくれたのか？　時間、かかったろ？」

赤本を開いて中を示し問いかけると、珠里はさもなんでもないことのように、

「別にすぐできましたよ」

と微笑んだ。

「嘘だ」

すぐできるわけがない。相当大変だったはずだ。僕を気遣い、『すぐできた』と言っているだけだ。

わかっていたのですぐさま否定すると珠里は、

「本当ですよ」

と苦笑し肩を竦めた。

「そういうの、得意なんです。それに来年自分が受験するときにも使えるし。なので間違っ

ても恐縮しないでくださいね」

「でも……」

恐縮するなというほうが無理だ。何かお返しができるといいのだけれど、と考え込んでいると、珠里に注意を促されてしまった。

「ほら、こんなところでぼんやりしている場合じゃないでしょう？　勉強してくださいよ。せっかく傾向と対策をまとめたんですから」

「あ……うん、ありがとう。本当に……」

確かに、ここで愚図愚図しているより、せっかくの気遣いを生かさねば。礼についてはまたあとで考えよう。

まずは気遣いを生かしている、その様を見せよう。そう考え、僕はリビングへと戻ると問題集に取り組み始めたのだった。

珠里の手際はよく、それから三十分もしないうちに僕たちは彼の作ってくれたカツ丼を前に互いに食卓で向かい合った。

「いただきます」

「先輩の口に合うといいんですが……」

珠里は心配していたが、一口食べた途端あまりの美味《おい》しさに、その後は会話も忘れ一気に平らげてしまった。

「凄く美味しかった」

「よかったです」

食べっぷりの良さから、僕がお世辞を言っているわけじゃないとわかってくれたのか、珠里は嬉しそうにしていた。

その後僕らは、せっかくクリスマスイブだから、ということで買いに行ったケーキを食べることにした。

「あ、蠟燭《ろうそく》を入れてくれてますね」

僕たちが買ったのは一番小さなホールのケーキだった。珠里はケーキを取り出すと、一緒に入っていた蠟燭を砂糖菓子で作ったサンタの人形の横に立てた。

キッチンにマッチを取りに行き、火をつける。

「クリスマスだね」

クリスマスイブの夜は今まで家で過ごすことが多かった。さすがに高校生ともなると家族でクリスマスを祝う、という感じにはならず普段どおりの夕食メニューだったため、こうしてクリスマスを祝うのは思えば久々になる。

久々——去年、僕はどんなクリスマスを過ごしていたんだろう。蠟燭の光を眺めていた僕の頭にふとそんな考えが浮かんだ。

もし、先輩と付き合っていたら、二人してクリスマスを過ごしていたんだろうか。

「あ」

不意に部屋の電気が消えたことに驚き、はっと我に返った。

「ごめんなさい、ちょっとムードだそうかと思って」

驚かせました？　と笑いながらいつの間にか席を外していた珠里が戻り僕の前に座る。

「ムード……あるな、確かに」

蠟燭の炎に照らされた室内は、確かにムーディーといってよかった。オレンジ色の明かりの向こう、微笑む珠里の端整な顔も、明るい日差しの中で見るのとはまた違う魅力を湛《たた》えている。

陰影が濃いからか、ますます彫りが深く見える。本当に整った顔だよなあ、とじっと見つめてしまっていた僕は、珠里からもじっと見つめられていることに気づき、なんとなくバツの悪さを感じた。

「メリークリスマス」

目を逸らそうとした僕の視界に、微《かす》かに呟く珠里の紅《あか》い唇が過《よ》ぎる。

掠《かす》れた声は、なんというか――酷《ひど》くセクシーで、どき、と鼓動が高鳴った。ムードって本当に大事ってことだな。珠里相手にどきりとするなんて、と自嘲《じちょう》しようとしたが、揺れる灯《あか》りの向こうで輝く珠里の瞳の煌《きら》めきから目を逸らすことができなくなったと同時に口まできけなくなってしまって、僕はただ真っ直ぐ、彼を見つめ続けていた。

「先輩……」

珠里が思い詰めたような顔で僕に呼びかける。

「な、なに？」

答える僕の声は、彼以上に掠れていた。どくん、どくん、と心臓が脈打ち、その音がやたらと大きく頭の中で響く。

緊張——とは少し違う気がした。この落ち着かない気持ちはなんだろう、と胸の上を自分で押さえ、鼓動を鎮めようとする。

喉《のど》がからからに渇いてしまっていたせいで、ごくり、と唾を飲み込んだ。その音が聞こえたのか、口を開きかけた珠里が唇を閉ざし、僕をじっと見つめてくる。

「な……なに……？」

ますます鼓動が高鳴るのを感じ、僕が問いかけたのと、珠里の手がすっと上がったのが同時だった。

その手が真っ直ぐに僕の頬へと向かってくるのを、なぜだかその場で固まってしまったまま呆然《ぼうぜん》と見ていた僕の耳に、唐突に携帯メールの着信音が響いた。

「うわっ」

その音が『呪縛《じゅばく》』としかいいようのなかった、今までのおかしな状態を破ってくれた。びっくりした声を上げてからすぐに、自分を取り戻した僕は、蠟燭の光の向こうでどこか呆然

としていた珠里に、

「ちょっとごめん」

と断り、ポケットを探って携帯を取り出した。

誰からだ？　ディスプレイを見た僕の鼓動が、先ほど以上に、どきり、と高鳴る。

ディスプレイに浮かんでいた発信者の名前は——原田先輩のものだった。

慌ててメールを開き、本文を読む。

『元気？　明日、帰京するんだけど、時間があったら会えないかな』

「…………………」

先輩が明日、会おうと誘ってくれている。このメールから、どのような意味が見出《みいだ》せるんだろう。

じっと携帯の画面を見つめる僕の耳に、珠里の声が響く。

「メールですか？　誰から？」

「あ……うん……」

答えようとして彼を見やった僕は、オレンジの炎に照らされるその顔が酷く強張《こわば》っているように見え、ぎょっとし口を閉ざした。

「先輩？」

僕がびくっと身体まで震わせてしまったせいだろう。珠里が訝しげに問いかけてくる。

「電気、つけましょう」

蠟燭を吹き消し、珠里が立ち上がる。小さな炎が消える直前、やはり彼の顔が強張っているように見えたことを気にしつつも、脳裏に浮かぶ先輩の笑顔のほうにそのときの僕は気を取られてしまっていた。

7

結局僕は珠里に、先輩からメールが来たことを伝えずにすませた。

「誰からだったんです？」

と聞かれたが、

「うん、家から」

と誤魔化したのだ。

「早く帰ってこいって？」

尋ねられ、そうじゃない、と答えはしたものの、隠してしまったがために目の前で返信するわけにもいかず、その後はやきもきとした時間を過ごした。

態度に出したつもりはなかったが、あまり話も弾まなくなったこともあって、珠里は僕が早く帰りたがっていると気づいたようだ。

「送ります」

ケーキを食べ終えると彼からそう切り出してくれたのに、女の子でもあるまいし、送ってもらう必要はない、と断って彼の家を辞そうとした。

「酔っ払いに絡まれるかもしれないでしょう」

「送ったお前が帰り道に絡まれるかもしれないじゃないか」

断ったというのに珠里は「自転車で行くから大丈夫です」と強引に僕についてきて、帰り道に返事を打とうとしていた僕の計画を潰してくれた。

「乗ります？」

「二人乗りはダメだろう」

しかも夜だし危険だ、と注意すると、珠里は肩を竦め僕の隣を自転車を引きながら歩き出した。

「冬休みは勉強ですよね」

「ああ」

頷いてから、珠里が持たせてくれた赤本を見やり、改めて礼を言う。

「本当に悪いな。助かったよ。これで勉強する」

「役に立てたとしたら嬉しいです」

頭を下げる僕に珠里はそう言うと、

「ああ、そうだ」

と何か思いついた声を出した。

「なに？」

「大晦日《おおみそか》……というかお正月なんですが、もしよかったら一緒にご来光、拝みにいきませんか？　高尾山登って」

「高尾山？」

思いもかけない誘いにびっくりし、目を見開く。

「あ、他に予定があったら勿論、断ってくれていいんで……」

珠里が慌てた様子でそう言ったあと、ぼそ、と言葉を足した。

「先輩の合格祈願、したいと思って……」

「ありがとう。予定は特にないよ。高尾山、久々だけど登れるかな」

僕の合格祈願のためのご来光かと思うと、断るのも悪い気がして誘いに乗ることにした。どうせ家にいても両親が紅白を見る横でぼんやりしているくらいだろうし、と思ったのだが、珠里は自分で誘ったくせに僕が了承するとは思わなかったらしく、

「本当ですかっ」

と大声を上げ、僕を驚かせた。

「ほ、ほんとだけど？」

「ありがとうございます！　ダメモトだったんですよ！　わあ、嬉しいな！」

はしゃぐ珠里は可愛かった。ナリは大きくなったけど、まだ子供なんだなあ、と微笑ましく見てしまう。

「そしたら大晦日の日の夜、そうだな、七時頃に迎えに行きます！　夕食をどこかで食べてから登りましょう」

「わかった」

「山頂は寒いだろうから、防寒、ちゃんとしたほうがいいと思います」

「うん。わかった。楽しみにしてる」

高尾山にはかつて先輩と一緒に登ったことがある。が、ご来光なんて見に行くのは初めてだった。混雑はしているだろうが、イベントとしては楽しそうだ。

何より神頼みもしたいし、と珠里に笑いかけると、

「初日の出、見られるといいですね」

相変わらず本当に嬉しげな顔をしていた彼はそう告げ、にっこり笑ってみせたのだった。

家まで送ってもらったあと、立ち去る彼の自転車の尾灯が見えなくなるまで見送ってから室内に入った。

すぐさま自分の部屋へと向かい、携帯を開いて先輩のメールを呼び出す。

なんと返信しよう。打っては消し、消しては打ちを繰り返した結果、簡単な一文となった。

『お久しぶりです。勿論大丈夫です。何時にどこに行けばいいですか？』

送信してから、連絡もらえて嬉しかったの一文を入れればよかった、と後悔していると、いきなり携帯が鳴り出したものだから僕は驚き、ディスプレイを見やった。

「も、もしもしっ」

かけてきたのが先輩とわかり、慌てて応対に出る。

『知希《ともき》、メール見たよ。なかなか返信がないから、断られるかと思った。嬉しいよ』

懐かしい先輩の声が電話越しに響いてくる。相変わらず爽やかで素敵な声だな、とうっとりしながらも僕は、

「すみません、メールいただいたの、今気づきました」

と嘘をついた。

『受験勉強で忙しいと思うけど、明日、会えるかな？』

「大丈夫です。どこで待ち合わせましょう？」

胸が高鳴ってくるのがわかる。やっぱり僕は先輩が好きなんだなあ、としみじみしていると先輩は『そうだな』と少し考えたあと、

『ああ、学校は？』

と意外な場所を口にした。

「学校？」

『クリスマスでどこも混んでるだろう？　ウチも母親がいるから都合が悪いんだ。終業式が今日だったらもう、明日は学校には部活の奴らしか来てないだろうし、人目が気にならなくていいかなと思って』

どうかな、と聞かれたが、僕は即答することができずにいた。

『どこも混んでるし』

『母親がいるから都合が悪い』

『人目が気にならない』

気になるワードがありすぎて、リアクションが追いつかなかったのだ。

『学校にしよう。三年三組の教室で午後三時。待ってるよ』

「あ、はい。わかりました」

了解の返事をする前に先輩は待ち合わせ場所を決め、電話を切った。ツーツーという音しかしない携帯を僕は暫《しばら》く耳に押し当てていたが、やがて溜め息と共に電話を切り、今の会話を思い起こした。

親しげな先輩の口調。呼びかけも『知希』と名前だったことから、ただの先輩後輩の間柄ではないと推察できる。

付き合っているのだろうか。付き合っているとしたら、どこまでの関係なんだろう。

キスはしたのか？　それ以上も？　思い起こすに、先輩の口調は言い方は悪いが少し傲慢《ごうまん》だった。あれはもしや、付き合っている相手に対する特有の口調だったりするんじゃないか？

明日、顔を合わせてみて、もし当然のようにキスしてきたら、ああ、そういう仲だったんだなとわかる。それを待つしかないか、と逸《はや》る心を抑えつつも、下着は新しいものをはいていこう、と僕は心を決めたのだった。

翌日、約束の時間より十分ほど前に高校へと向かった。

三年三組は先輩が三年生のときのクラスだ。部活の生徒たちは校庭や体育館には溢《あふ》れていたが、教室内は当然のごとく無人だった。

そういや陸上部も練習していたな、と校庭で珠里の姿を見かけたことを思い出す。部長をやっているとは驚きだった。一年生の頃の彼からは想像がつかない。

珠里が部長になったおかげで、陸上部の人数は例年の倍になっているという話だった。途中から入部する生徒も多いらしい。

顔もいいしスタイルもいいが、何より珠里は性格がいいから皆に好かれるのもわかるな、と僕は教室の窓から陸上部も練習している校庭を見下ろした。

タイムスリップした僕に本当に親身になってくれた。僕本人が諦めていたのに、合格を目指しあれこれ気を配ってもくれた。

クリスマスには気分転換に、僕が好きそうな映画に連れ出してくれたし、本当に感謝してもしきれない深い心の持ち主だ。

だいたい、タイムスリップしたなんて、ふざけているとしかいいようのないことを信じてくれた、それだけでも『いい奴』である。

「あ」

そういえば、と僕は、タイムスリップ前の自分を思い出していた。

先輩には正直にすべてを話そうと、あのとき僕は決意したはずだった。結局先輩に打ち明けることはできたんだろうか。

それもこれから聞いてみればすむことだ。時計を見て、約束の三時となっていることを確かめ、そろそろ来るかな、と視線を教室のドアへと移す。

先輩が姿を現したのは、それから四分後だった。

「ごめん、ちょっと遅れたね」

「先輩！」

懐かしい！　といっても一週間前くらいまで、二年前の先輩と顔を合わせていたのだけれど。

それでも年月的には二年ぶりに会う原田先輩は、男前度が五割方あがっていた。

「かっこいい……」

思わず呟くと聞きつけた先輩は、

「えっ？」

と戸惑った声を上げたものの、すぐ、照れたように笑い近づいてきた。

「なんだよ、もう、ふざけて」

「ふ、ふざけてないです。ほんとに先輩、かっこいいなあって……」

先輩の口調はやはり、僕が認識しているよりも親しげだ。ということは、と僕はすぐ前に立った先輩の、知っているものよりよほど大人びている素敵な顔を見上げた。

「怒ってるの？　ずっと放っておいたから。だから、からかって意趣返し？」

「怒ってなんてないですけど？」

思いもかけないことを言われ、今度は僕が戸惑いから声を上げてしまった。

「イブにも連絡しなかったのは、今は君が受験の時期だし、勉強が大事だと思ったからなんだ。わかってくれていると思ってた。よかったよ」

「……はあ……」

先輩はやけに饒舌《じょうぜつ》だった。なんかちょっと言い訳くさいなと思ったのが顔に出たのか、

「本当だよ」

と真面目な顔で駄目押しとばかりに言われ、かえって嘘くさいな、という感想を抱いた。

「でも、やっぱり年末年始のせっかくの休みに知希に会えないのも寂しいなと我慢ができなくなって、それで帰ってきたんだ。よかった。こうして会えて……」

言いながら先輩が手を伸ばし、僕の手を握る。

「会いたかったよ、知希」

「先輩……」

どき。鼓動が高鳴り頬にカッと血が上る。

「知希」

先輩に手を強く引かれたせいで、そのまま彼の胸に飛び込むことになった。甘やかな声で名を呼ばれ、背中に回った腕できつく抱き締められる。

「せ、先輩……」

先輩は少しも躊躇《ちゅうちょ》していなかった。ごくごく当然のように僕を抱き締めてくる。ということは僕と先輩は普通に抱き締め、抱き締め返す関係だったってことなんだろう。

「知希……」

再び僕の名を呼んだ先輩が少し身体を離し、僕の頬に手をやりゆっくり顔を近づけてくる。キス——? キ、キス? ちょっと待ってくれ。まだ心の準備、できてないけどっ⁇

「せ、先輩、あの、ちょっと」

反射的に僕は先輩の胸を突き飛ばし、身体を離していた。

「どうしたの」

先輩がびっくりしたように問いかけてくる。びっくりしたのはコッチだ、と思ったが、もしこれが二人にとっては何度も繰り返しやっていることだとしたら、先輩に変に思われる、と気づき、慌てて言い訳を始めた。

「だ、だって教室でなんて……人が来るかもしれないし……」

「来ないよ。部活の子たちは部活をしているし。教室まで来るわけがない」

だから教室を選んだんだよ、と先輩が微笑み、再び僕を抱き締めようとする。

「あ、あの、先輩」

そのまま身を任せてしまえばいい。だって先輩のことが好きだったんだろう？

タイムスリップする前に先輩と僕はいい雰囲気になっていた。きっとあれからすぐ、付き合いが始まったんだ。

付き合ううちにキスしたり、もうちょっと先のこともしていたんだろう。それは僕の夢でもあったんだから、躊躇する理由なんてないはずだ。

頭ではわかってるので気持ちの整理もすぐつきそうなのに、身体が拒絶しているというか、いいのか？　本当にいいのか？　という焦りばかりが先に立ってしまい、またも先輩を突き飛ばしそうになっていた僕は、これじゃいけない、と何か話しかけてみることにした。

「き、昨日のクリスマスイブはどうしてたんです？」

クリスマスイブの話題はさっき先輩から出したものだったはずだ。が、僕の言葉を聞き、なぜか先輩は憮然《ぶぜん》とした表情になってしまった。

「やっぱり怒ってるんだね？　イブに連絡しなかったことを」

「怒ってないです。ないですけど、その……」

なぜ僕が怒っていると先輩も怒るのか。関連性がわからない。が、別に僕はキスを中断したかっただけで、先輩を怒らせたいわけじゃないのだ。

このまま怒って帰る、なんて言われたら困る。嫌われたくないし、と必死で頭を働かせ、フォローの言葉を探す。

「あの、今日、先輩と会えて、嬉しいなと、思って……」

まったく前後のつながりのない言葉しか出てこない。が、先輩の機嫌はその一言でころっと直ったようだった。

「僕も会いたかったんだよ。イブには……そう、教授に京都に足止めされてね、やきもきしながら大学にいたよ。あ、そうだ。イブは無理だったけど、よかったら大晦日から元旦にかけて、一緒に過ごさないか?」

「え……っ」

大晦日——珠里との約束が頭に蘇《よみがえ》る。

「そうだ、知希の合格祈願に明治神宮にでも行こうよ。年が明けた瞬間にお互い『あけましておめでとう』と言い合うんだ。新年の最初に知希と一緒に居られるなんて幸せだな」

「……あ、ありがとうございます……」

『僕も幸せです』となるはずなのに、なぜか心が弾まない。

どうしたんだろう? 僕は先輩を好きなんだよね? 先輩と付き合いたいと思っていたんだよね?

なのになぜ、先輩にそんな甘い言葉を囁《ささや》かれて、嬉しい気持ちになれないんだろう。

嬉しいどころか僕は今、大晦日はもう約束をしているのにどうしよう、と困り果ててしまっている。

珠里には申し訳ないけど断ろう。当然、そう結論を出すはずなのに、どちらかというと僕は先輩のほうを断ることをなぜか考えていた。

一体どうして？　先に約束したからか？　人としては正しいかもしれないけれど、それにしても――。

「……知希……」

自分で自分の気持ちがわからない。戸惑うばかりの僕に再び先輩が手を伸ばし、頬を両手で挟まれる。

「好きだよ」

そう告げたと同時に先輩が顔を近づけてきた。うわ、と慌てて避《よ》けようとしたが、両手で頬を包まれてしまっているので顔を背けることができず、落ちてきた先輩の唇を受け止めてしまった。

うわーっ。

生まれて初めてのキス。頭の中が真っ白になる。

キスしてる。先輩と。あの先輩と。好きでたまらなかった先輩と。

うわーっ。

真っ白な頭の中でぐるぐるとそれらの言葉が巡っている。信じられない。本当にこれが現実なんだろうか。どうしよう、一体どうしたらいいんだ？

頭の中で巡る言葉が『どうしよう』一つになっていく。

相変わらず『嬉しい』という感情が芽生えてこないことに戸惑うような心の余裕はなかった。びっくりしすぎたせいで開いてしまっていた唇の間から先輩の舌が僕の口内に挿入され、激しく蠢《うごめ》き始めたのだ。

舌と舌を絡めるキス。ディープキスというんだったか。そうそう、フレンチキスって触れるくらいのキスのことを言うのかと思っていたら、これもディープキスと同じ意味だったんだった。意外だったなあ。

——なんてことも考える余裕も当然なかった。先輩の舌が僕の舌に絡み、きつく吸い上げてくる。

びく、と意識しないところで身体が震え、ぎょっとして身を竦《すく》ませた。と、先輩が唇を合わせたままくす、と笑い、なんと僕を傍らの机に押し倒してきた。

えーっ??

ここ、教室なんですけどっ！　しかも、午後三時過ぎという真っ昼間なんですけど……っ！

信じられない。先輩の手が僕のセーターの中に潜り込み、下に着ていたシャツのボタンを外そうとする。

うそだろ？　嘘だよね？　信じられない……っ！

今、僕ははっきり嫌悪感を覚えていた。先輩だから嫌、というわけではない。相手が誰であろうと、好きだという思いが通じ合い、まずは手を握り、そしてキス、そしてその次、という段階を踏まえていないことに対して僕は『これじゃ嫌だ！』と感じてしまっていたのだった。

記憶のない二年のうちに、先輩と僕はそうした段階を当然踏んでいるんだろう。なので先輩を責める気持ちはなかった。覚えていない――というより、二年をすっ飛ばした僕が悪いということは重々承知しているが、だから耐えられるというものではなかった。

「やめ……っ」

やめてください、と先輩を押しやろうとすると、手首を摑まれ、頭の上で押さえ込まれてしまった。

嫌がっていることが伝わってないんだろうか。伝わって尚《なお》、やめるつもりはないってことなんだろうか。

怖い。嫌悪感以上に僕は今、恐怖心に駆られていた。闇雲に手脚をばたつかせ、先輩から逃れようとするが、先輩は僕にのしかかるようにしながらシャツのボタンを外しきり、続いてジーンズを脱がせにかかろうとする。

どうしてやめてくれないのか。これだけ暴れたら嫌がっているとわかってくれそうなものじゃないのか。声を発しようにもキスで唇を塞《ふさ》がれてしまってかなわない。

ジジ、とファスナーが下ろされる音が下肢から響き、そのままジーンズを脱がされそうになった僕が、声にならない悲鳴を上げかけたそのとき、いきなりガラガラと教室の扉が開く音が響き渡り、僕を、そして先輩を仰天させた。

「原田先輩、何してるんです？」

普通に考えて、こんなところに来合わせたら誰でも仰天するんじゃないかと思う。が、先輩に呼びかけた声は酷く落ち着いていた。

聞き覚えがある声の主が誰なのか――慌てて身体を起こした先輩の背中で視界が閉ざされる。

自身の身体を見下ろし、かなり服が乱れているのがわかったので、扉に向かって背を向け、まずは服装を整える。

そんな僕の耳に先輩の泡を食った声が響いてきたのだが、彼が告げた名前には先輩以上に驚き、思わず振り返ってしまった。

「じゅ、珠里、どうしてここに？」

「……っ」

珠里――？　まさか、と振り返った瞬間、扉を背に佇《たたず》んでいた珠里の綺麗な顔が視界に飛び込んできて、目が合いそうになり急いで僕はまた目線を前へと戻した。

ジーンズのファスナーを上げる手が震え、思うように動かない。できることならこの場からすぐにも逃げ出したいのに、こんな格好で飛び出せば人に見られた場合、何事かと驚かれるだろう。

シャツのボタンが外れているのはあとから直すとしてせめてジーンズを、と焦っている僕の存在は当然目に入っているだろうに、なぜか珠里は僕を無視して先輩に話しかけ続けた。

「どうしても何も、先輩が呼び出したんじゃないですか。明日、三時に教室に来いって」

「えっ」

呼び出されたのは僕だったはずだ。またも振り返りかけたが、それより前に先輩が焦った様子で叫んでいた。

「ゆ、昨夜《ゆうべ》、キャンセルのメール、入れただろ？」

「……っ」

先輩は珠里を誘っていた――？　僕じゃなかったのか？　と今度は先輩を振り返りかけた僕の耳に、なんだか人を馬鹿にしたような珠里の声音が響く。

「キャンセルのメール？　気づきませんでした。『珠里に会いたいから東京に帰るよ』というメールは読みましたけど」

「……え……」

思わずまた、声を上げ、振り返ってしまったその瞬間、珠里とばっちり目が合った。

「あ、違うんだよ、知希」

先輩が慌てて何か言おうとする。その焦りっぷりを見た途端、僕は何も『違う』ことなどないと察した。

「失礼しますっ」

もう、服装など構っていられなかった。思い切りが逆に僕の手を動かし、それまで指先が震えてできなかったジーンズのファスナーを上げることもボタンをとめることもできた。

「知希！」

先輩の焦りまくった声に被せ、珠里の、

「高柳先輩！」

という声が僕の耳に刺さる。

先輩の声よりなぜか珠里の呼びかけのほうにいたたまれない思いが募り、扉の前にいた珠里を突き飛ばすようにして僕は教室から駆け出した。

「先輩！」

珠里の声が背中でまた響く。

「来るなっ！」

叫んだ声がやたらと掠れている。そう気づいたと同時に熱いものが胸に込み上げてきた。

「う……っ」

視界が霞《かす》み、よく見えなくなる。それでも僕は珠里と先輩、その二人から少しでも遠くに離れたくて、目を擦《こす》りながら駆け続けた。

手の甲が涙に濡《ぬ》れる。なぜ自分が泣いているのか、自分でもよくわかっていなかった。

先輩と珠里は実は付き合っていた。酷いショックを受けたが、そのショックの原因がなんなのかが、わからないのだ。

結局、先輩と珠里が付き合うことになったという『未来』を前回のタイムスリップで阻止することができなかったのが悔しいのか。

悔し泣きではない気がした。それなら先輩が珠里と付き合っているにもかかわらず、僕にキスしたり、押し倒したりしたことにショックを覚えたのか。

ショックはショックだった。が、インパクトはあったがそれが泣いている原因ではないと思う。

それならなぜ――校舎を走り出、校門に向かってグラウンドを駆け抜ける。

未だに止まる気配のない涙を持て余しながらも、どこという目的地もないまま駆け続ける僕の脳裏にはそのとき、大人びてハンサム度が増した先輩の顔ではなく、なぜか、あれこれと世話を焼いてくれた上で優しく『気にしないでください』と微笑んでみせた珠里の端整な笑顔が浮かんでいた。

ああ、僕は、先輩が珠里と、ではなく珠里が先輩と付き合っていたということがショックだったんだ。

それを珠里が隠していたことも――察したと同時に涙はより溢れ、嗚咽《おえつ》までもが喉に込み上げてくる。

「うっ……うぅ……っ」

涙の原因はわかったが、それがなぜ、泣けるほどにショックなのか理由ははっきりわからない。

いや――もしかしたらわかっているのに僕は必死で自分の気持ちに気づかないふりをしているのかもしれなかった。

8

どこをどうやって走ったのか――気づけば僕はまた学校に戻ってきてしまっていた。

そう、実は僕はたいそうな方向音痴なのだ。珠里と先輩のいる校舎から少しでも離れたいと思い、駆け続けたというのに、なぜ戻るかな、と自分で自分に呆れながらも、逆にもう二人は校内にいないだろうと判断し、裏門から校内に足を踏み入れた。

肌寒さを覚え、今更ながら教室にコートを忘れたことを思い出す。

それどころじゃなかったとはいえ、この寒空にコートなしで飛び出すとは、受験生なのに風邪でも引いたらどうするんだ。自覚が足りないぞと自己嫌悪に陥りつつ、三年三組の教室へと向かおうとした僕の耳に、

「先輩！」

という珠里の声が響いた。

「……っ」

はっとして声のしたほうを見やると、百葉箱の前のベンチで僕のコートを大事そうに抱えていた彼がちょうど立ち上がったところだった。

今は顔を合わせたくない。コートは諦めて帰ろう、と踵《きびす》を返し再び駆け出そうとする僕へと、珠里は物凄いスピードで駆け寄ってくると、

「待ってくださいっ」

と腕を掴み足を止めさせようとした。

「離せよ」

「話を聞いてください。お願いです」

「離せって！」

「先輩、お願いですからっ」

「離せっ」

怒鳴りつけると珠里の手がびくっと震え、すぐに彼は手を離してくれた。

「返せっ」

彼がもう片方の手に持っていたコートを掴み取り、駆け出そうとする。が、それより前に珠里は僕の前に回ると、今度は両肩を掴みじっと僕を見下ろしてきた。

「お願いです、先輩。話を聞いて下さい。誤解を解かせてください」

真摯な彼の目には、欠片《かけら》ほどの嘘も感じられなかった。だが実際、彼は僕に嘘を吐《つ》いていた。

先輩と付き合っているのかと聞いたとき、珠里は確かに『付き合ってない』と答えた。僕

がこの裏庭で、告白のシーンを見たことまで告げていたにもかかわらず、だ。

「誤解なもんか！　やっぱり原田先輩とは付き合ってたんじゃないかっ！」

嘘つきっ！　と叫びかけた僕はいきなり珠里に抱き締められ、ぎょっとしたあまり言葉を飲み込んでしまった。

「付き合ってませんっ！　お願いです、話を聞いてください」

「聞かなくてもわかるよ。だってこの目で見たんだからっ」

離せよっ、と珠里の胸に両手をつき、身体を離したとき、手からコートが落ちた。

「あ」

コートを拾おうと屈《かが》んだところ、やはり拾ってくれようとした珠里もまた屈んだため、またも二人の目が合った。

「先輩、お願いです。話だけでも聞いてください」

先ほど同様、真剣すぎるほど真剣な、しかも潤んだ瞳で見つめられ、あまりの美しさに言葉を失う。が、珠里が、コートを摑んでいた僕の手を握ってきたのに、はっと我に返り、その手を振り払った。

「言い訳はいいよ。見たって言ったろ？　お前がここで先輩に告白したのも見たし、さっき先輩がお前にメールをもらったって言われて困ってるのも見た。お前が何を話そうと僕は、自分の目で見たものを信じるよ」

いきなり手を握られたからだろうか。あれほど激昂《げっこう》していたというのに怒りはすとんとおさまっていた。

代わりに僕の胸に溢れているのは空しさで、いつしかトーンダウンしていた口調で珠里に対し話を始めた。

「違うんです、先輩……」

珠里の声のトーンも僕につられたのか下がっていた。弱々しく首を横に振る彼はやはり、嘘を吐いているようには見えない。そのことがますます僕の胸の空しさを増幅させていった。

諸行無常。もうどうでもいいや、と思ったとき、ピン、と頭で閃《ひらめ》くものがあった。

ああ、そうか。珠里の『嘘』は僕への優しさだったのかもしれない。僕が原田先輩のことを好きだと彼は察し、それで『付き合ってない』と嘘を言ったんじゃないか？

本当は付き合っていたのに、先輩がちょっとした浮気心を出し、僕にちょっかいをかけた。さすがにそこまでは付き合っているだけに見逃せない、と邪魔に入った。

そういうことだったんだろう。

冷静になったおかげですべてがわかった、と僕は珠里に向かい、頷いてみせた。

「もういいよ。お前は僕に気を遣って嘘ついたんだろう？　全部わかったよ」

「……え……？」

達観したところを見せてやろう。そう思い静かに語り出した僕の前で珠里が戸惑った声を上げる。

「だから、僕が先輩のことを気にしているのを見て、先輩に気があるとわかったんだろう？　で、僕に気を遣って先輩と付き合っているのに『いない』と嘘を言った。それを謝りたいっていうなら、必要ないよ。気を遣わせた僕に責任がある」

「ちょ、ちょっと待ってください。なんでそうなるんです？」

珠里が慌てた様子で口を挟み、身を乗り出してくる。

「なんでって……」

それ以外、理由はないだろう。そう思い問い返した僕の前で珠里が、はあ、と深い、それこそよく息が続くなと驚くほどに深い溜め息をついてから、

「先輩」

と改めて僕の両肩を摑み直した。

「なに？」

珠里は今や『目が据わっている』といっていい状態になっていた。達観したのは僕のほうだと思っていたが、彼もまた達観したんだろうか。しかし何に？　と問い返すと、珠里はごくりと唾を飲み込み、そして上唇を舐《な》めてからようやく口を開いた。

「誤解です」

「……だからもう、いいよ」

怒ってないから、と続けようとした僕の言葉を珠里の鋭い声が遮る。

「違うんです。僕は本当に原田先輩となんて付き合ってない」

「珠里、もういいんだってば」

嘘を貫き通すつもりとなればさすがに怒る。厳しい声を出した僕の言葉にかぶせ、珠里がとんでもないことを言いだした。

「本当です。だって僕が好きなのは先輩、あなたなんですから」

「……え？」

予想もしていなかった発言に、僕の頭の中は文字通り真っ白になった。

「好きです。ずっと……ずっと先輩が好きでした」

熱く訴えかけてくる珠里の目は真剣で、嘘を言っている気配は微塵《みじん》もなかった。

「……でも……」

僕は確かに見たのだ。珠里が原田先輩に告白している姿を——あれはなんだったんだ、と問おうとした僕の心を読んだかのように、珠里が言葉を続ける。

「原田先輩に告白をしたのは、あの日、あなたが原田先輩を呼び出したと気づいたからです。あなたの告白を邪魔したくはなかったけれど、耳に入っていた原田先輩の評判を思うとやっぱり阻止したほうがいいんじゃないかと思えて、それでその『評判』が果たして真実なのかを確かめようと思ったんです」

まさか見られているとは思いませんでした、と、バツの悪そうな顔になった珠里が何を言っているのか、未だに僕は理解することができずにいた。

「先輩の評判って……?」

人望のある素晴らしい人だという評判しか聞いたことがない。他にどんな評判が立っていたんだと問いかけると、珠里は言いにくそうにしながらぼそり、と答えた。

「来る者は拒まずというか……かなりのヤリチンだというものでした」

「嘘だろ?」

思わずそう言ってしまってから、嘘じゃないかも、と気づく。今日の先輩の慌てっぷりを思い出したからだ。

『キャンセルのメール、入れただろ?』

先輩は珠里を今日、誘ったことを否定しなかった。僕を誘ったのと同時に先輩は珠里にも声をかけていた。

先輩から誘いのメールをもらってから返信するまで、ほんの一時間ほどの時間しか経《た》っていなかったと思うが、多分先輩は僕からの返信を待ちきれなかったのだ。

それで珠里を誘った。そこに僕から了承のメールが届いたので、慌てて珠里のほうをキャンセルしたのだろう。

「さっき締め上げたら、原田先輩、今付き合ってる彼女に、イブ当日にふられたんだそうです。それで高校時代に自分を慕ってくれていた後輩たちに声をかけたって言ってました。ちやほやしてほしかったんですって。本当につまらない男ですよ」

吐き捨てるように告げたあと、珠里は、はっと我に返った顔になった。

「す、すみません。陰口全開ですね……」

「いや……多分僕も、気づいていたのかもしれない……」

知らない噂ではあった。が、先輩の人当たりのよさに違和感を覚えていたのは事実だった。誰にでも好かれる先輩。それは先輩の資質だと思っていたけれど、彼側のアプローチもあった。そういうことだろう。

僕はきっと先輩と付き合っていた。でも先輩が付き合っていたのは僕だけじゃなかった。そのことを『過去』の自分は果たして知っていたのだろうか。知らずに夢中になっていたのか。だとしたら今日、あの場に遭遇したら相当ショックを受けていたに違いない。

多分、先輩に悪気はないのだ。ただ、皆に好かれたいという気持ちが誠意に勝っていたに過ぎない。とはいえ、そんな先輩を好きでいられるかと問われたら、答えはノーだった。

はあ、と思わず溜め息を漏らした僕の耳に、おずおずとした珠里の声が響く。

「……でも結局は……嫉妬《しっと》だったんです。ごめんなさい」

「…………」

酷く声が震えている。そう思い見やった先では、珠里は今にも泣き出しそうな顔になっていた。

「原田先輩みたいなヤリチンから、先輩を守る。原田先輩がヤリチンでしたから大義名分になりましたが、もし、誠意の塊みたいな人が先輩にアプローチしてきたとしても僕は多分、先輩との仲を妨害したに違いない……そう思います」

「珠里……」

思い詰めていることがありありとわかる珠里が僕の前で項垂《うなだ》れる。

「僕は……卑怯《ひきょう》な男です……」

「そんなことはないよ」

なぜにそうも自分を責めるのか。普通に考えて、単に『ちやほやされたい』という思いしか抱いていない先輩が、欲求不満解消として——なんだろう。ふられた腹いせかもしれないが——押し倒してきたところを助けるという行為に対しては、感謝しこそすれ責めるべき点は一つもない。

第一、珠里が言うようにそんな誠意の塊のような人物が僕を好きだなどという事実はないんだし、と、彼の抱いている罪悪感をなくそうと、気づけば僕は必死になっていた。

「今回、気づいたんだ。僕は先輩のことをまったく見ていなかったんだなって。もし本気で好きだったら先輩が実はヤリチンで『来る者は拒まず』だったってことに、当然気づいたんじゃないかと思うよ。でも僕は気づかなかった。理由は簡単だよ。見たいものしか見ていなかったから……先輩の上っ面しか見てなかったんだ。皆の憧《あこが》れの的だった先輩の表面上の顔しか」

「……高柳先輩……」

珠里が項垂れていた顔を上げ、僕を真っ直ぐに見つめてくる。

「恋に恋していたんだと思う。だからこそ、珠里には感謝しているよ。目を覚まさせてくれてありがとうって」

「先輩……いい人すぎますよ……」

珠里が首を横に振り再び項垂れる。ぽた、と光る滴が地面に落ちるのを見て僕は、何を泣くことがあるんだ、と彼に歩み寄り、顔を覗き込んだ。

「いい人はお前だよ。タイムスリップした、だなんて、普通だったら信じてもらえないようなこともちゃんと信じてくれただけじゃなく、受験の心配までしてくれた。お前がいなかったら僕は、この未来で途方に暮れていたに違いないんだ。本当に感謝してる。ありがとう」

心から礼を言い、頭を下げる。

「そんな……僕は先輩の役に立ちたかっただけなんです」

顔を上げてください、と珠里が僕の上腕を摑んだ。

「それに僕、嬉しかったんです。先輩が僕を頼ってくれて……。先輩が困りきっているのにそれを喜ぶなんて、僕は本当に最低の男ですね……」

僕をフォローしようとしたはずの珠里が、項垂れ、またも深い溜め息を漏らす。

「だから最低じゃないよ。いい男だと思う。これは僕の本心だよ？」

落ち込む彼を力づけたい。この気持ちが何に根ざしているものか、僕はようやく確信を持って自身にも説明できるようになっていた。

「先輩……優しいですね……」

言葉にしなければそれは珠里に伝わらない。ますます項垂れる彼を見やり、はあ、と息を吐き出す。

なんと言えばストレートに伝わるか。考える間、暫しの沈黙が流れた。その間に珠里の中で何かしらの結論が導き出されたらしく、すっと顔を上げると、

「本当に、申し訳ありません」

きっぱりした口調で謝罪し、こう言葉を続けた。

「僕の顔を見るのも不愉快でしょうから、二度と先輩の前に姿を見せません。あ、でも勿論、受験勉強のサポートや、それに他のことでも、先輩が困ったときには何があろうと駆けつけます。そのときも顔を見たくないということなら、陰ながらサポートしますので」

それでは、と珠里が深く一礼し、踵《きびす》を返す。

「ちょっと待ってくれ」

そのまま駆け出しそうな勢いの彼の腕を摑んで足を止めさせる。

「先輩」

驚いて振り返った珠里の腕を更に引き、こちらを完全に向かせると僕は、気持ちを落ち着けるべく、また、はあ、と息を吐き出してから口を開いた。

「どこにも行かなくていいから」

「……え……？」

意味がわからなかったらしく、珠里が戸惑った声を上げる。言葉にするのはやはり恥ずかしかったが、ストレートに告げないと誤解されかねないと思い、僕は再び、息を吐き出してから喋り始めた。

「だから、珠里の顔を見たくないなんて思ってない。さっきも言ったけど、珠里には本当に感謝している。受験の手助けをしてくれることにもだけれど、原田先輩のことだって、びっくりはしたけど怒ってない。さっきお前に言った『恋に恋してた』も、別にお前に気を遣ったわけじゃなく、本心からそう思ったんだ。それを気づかせてくれたことにも感謝してる」

「……先輩……」

考え考え話していた僕の前で、珠里が小首を傾げるような素振りをする。

大型犬——しかも綺麗な大型犬っぽくて、可愛いな。つい微笑みそうになり、笑ってる場合じゃないか、と気持ちを引き締める。

言いたいのはこれからのことだ。ごく、と唾を飲み込んでから僕は、自分じゃなくて珠里を笑顔にするべく口を開いた。

「それに、先輩との仲を妨害してくれたことにも感謝してる。やっぱりキスとか、その……エッチとかは、本当に好きな相手としたいから」

「…………先輩…………」

珠里がなんともいえない顔で僕を見る。僕も珠里を見返し、勇気を振り絞って口を開いた。

「……さっき珠里に、好きだって言われて、嬉しかった」

「先輩……？」

珠里がびっくりしたように綺麗な目を見開いた。

「嬉しいってことは、僕も珠里のことを好きなんだなと……そういうことじゃないかと思う」

「せ、先輩。ちょっと待ってください」

それまで頼りがいの塊のようだった珠里の姿はそこになかった。軽いパニックに陥っているかのようにあわあわとしながら、僕に問いかけてくる。

「好きって、先輩、後輩として、とか言うんじゃないですよね？　僕が先輩を好きな気持ちと同じくって意味ですよね？　いわば恋愛感情ってことですよね？」

「そうだよ。さっき、先輩と珠里が付き合っていたと誤解したときにショックだったのは、先輩に対してじゃなくて珠里に対してだったくらいだし」

「本当に？」

「本当に」

今更、嘘なんて吐かない、と語気強く言い切る。

「……………夢、ですかね……」

珠里は呆然としていた。そう呟いたあと、言葉どおり夢を見ているかのような緩慢な動作でそろそろと右手を上げ、その手を僕の頬へと伸ばす。

「……っ」

指先が頬に触れた瞬間、珠里がはっと我に返った顔になった。僕もまた、彼の指先のあまりの熱さに、無意識のうちに、びく、と身体を震わせていた。

「夢じゃ……ないんですね」

今度は珠里が、ごく、と唾を飲み込む番だった。

「うん」

頷く僕の鼓動が速まってくる。

「夢なら夢でいいと思っていました。まさか現実だなんて……なんだかもう、泣きそうです」

すっかり興奮していた珠里が僕の両手をぎゅっと握る。彼の目は酷く潤んでいて、今にも涙が零れ落ちそうになっていた。

泣けるほどに嬉しいだなんて、と、僕もまた胸を熱くしながら、珠里の手をぎゅっと握り返す。

「先輩……好きです」

きらきらと輝く珠里の瞳から、一筋の涙が目尻を伝って流れた。

「……僕も」

頷き、珠里の手を握り返す。

「キス、してもいいですか?」

珠里の問いかけに、僕は、どうしよう、と迷いつつも、うん、と首を縦に振った。さっき先輩にキスされたのを思い出したからだ。

ファーストキスだった。いや、もしかしたら僕がタイムスリップで飛び越えた時間内で、キスもエッチも経験していたかもしれないが、少なくとも僕の意識の中では『ファースト』だった。

ファーストキスの相手が珠里だとよかったのに——タイムスリップが自由自在にできるものなら、今すぐ数時間前に戻りたい。いや、昨日に戻って先輩からのメールの誘いを断りたい。いやいや、更に前に遡り、珠里と共に過ごしたイブで『好きだ』と告白したい。

そのあと、キスをしていればファーストキスが珠里になる——が、そうそう都合よくタイムスリップなんてできるわけがない。

ファーストキスは先輩でも、セカンドキス以降は珠里とするのでいいじゃないか。そう自分を納得させると僕は、

「うん」

と再び頷き、目を閉じた。

珠里が上擦った声を上げ、顔を近づけてくる気配がする。と、そのとき、

「……先輩……」

「部長！」

遠くから声が響き、僕も珠里もはっとし声の主を見やった。

「山口《やまぐち》先生がお呼びです。明日のグラウンド利用の件だそうで……」

声をかけてきたのは陸上部の部員だった。珠里と一緒にいるのが僕だとわかり、

「あー！　高柳先輩！」

と嬉しそうな声を上げるも、まったく誰だかわからない。どうやら一年生らしい。

「お久しぶりです！　三年生は滅多に部活にいらっしゃらないから、会えてラッキーです！」

目をキラキラ輝かせた彼にそう言われ、嬉しくなった。どうやら僕は後輩から慕われる副部長だったらしいとわかったからだ。

「ありがとう」

思わず笑顔で礼を言う僕の声に、珠里の少し不機嫌そうな声が重なって響いた。

「わかった。すぐ行く。皆にはもう、今日は帰っていいと伝えてもらえるか？」

「あ、はい。わかりました！」

一年生が元気よく返事をしたあと、僕に「失礼します！」と挨拶し、幾分名残惜しそうな素振りをしつつその場を立ち去っていく。

なぜにいきなり不機嫌になったのか、と、一年生の後ろ姿を見送っていた彼を見ると、珠里はバツの悪そうな顔になり頭を掻いた。

「先輩があいつを可愛いなと思ってるのがわかったもので、つい……」

「…………馬鹿だな……」

嫉妬か、と察した僕の頬に血が上る。

「ここだと誰に見られるかわかりません。用事、すぐ済ませてきますので、ちょっと待っててもらえますか？　一緒にウチに帰りましょう」

珠里もまた赤い顔をしていた。早口にそう言うと僕が「わかった」と頷くのを待たず、「すぐ戻りますんで！」

と言い残し、駆け去ってしまった。あっという間に小さくなる彼の背を見やる僕の頬にはますます血が上り、鼓動が速まってくるのがわかる。

一緒にウチに帰りましょう——珠里の家には誰もいない。そこで二人がキスを交わすことになるのは間違いなさそうだった。

キスだけじゃなく、もうちょっと進んだ行為にも発展するかもしれない。先輩に脱がされそうになったときには嫌悪感しか覚えなかったけれど、珠里に身体を触られることを想像するだけで、うわあ、と変な声が漏れそうになる。

いやじゃない。いやじゃないどころか、期待感すら抱いてしまっている。そんな自分が信じられない。

年は僕のほうが上だから、僕がリードするべきなんだろうか。だが経験がなさすぎて、何をしたらいいのかわからない。

珠里は経験があるのか。あったらいやだな。もや、とした思いは嫉妬に他ならず、またも頬が熱くなる。

早く戻ってきてほしいような。あまり早いと困るような。赤い顔のまま、その場をぐるぐると小さく回っていた僕の耳に、

「お待たせしました！」

という珠里の、少々強張った声が響く。

「ま、待ってないし」

振り返り、着替えてコートも着込んだ彼の姿を前に、またも僕の鼓動が跳ね上がった。珠里が真っ赤な顔をしているのが目に飛び込んできたためだ。

「か、帰りましょう」

言いながら珠里がすっと右手を差し出してきた。

「う、うん……」

手を繫ごう。そういうことだろうと思い、彼の手を握る。

「…………」

「…………」

熱い手だな、と思ったが珠里もきっと同じことを思ったんじゃないかと思う。震えそうになっていた指先を珠里にぎゅっと握られると、少しだけ落ち着くことができ、僕もまた彼の指を握り返した。

「……好きです」

ぽつん、と珠里が呟き、またぎゅっと手を握る。

「うん」

僕も。そう頷き手を握り返すと僕は「行こう」と珠里を促し裏門へと向かった。

「寒いですね」

「うん。今日は特に寒いよね」

会話がなんとなく上調子になってしまう。僕の頭にも珠里の頭にも、珠里の家に帰ったあとのことしかなかった。

「何か買って帰りましょうか。お腹空《なかす》いたでしょう」

「あ、うん」

問う珠里の声も固く、答える僕の声も固い。何を二人して緊張しているんだか、と思うと、無性に可笑しくなった。

「…………」

「…………」

珠里も同じ気持ちだったようで、二人顔を見合わせたあと、思わずぷっと噴き出す。

「緊張しすぎですよね」

「なんか、可笑しいよな」

笑い合うことでリラックスし、それから僕たちは饒舌になった。

「冬休みは部活、いつまでやるんだ？」

「三十日の午前中で終わりです。大晦日と三が日、休んで来年は四日から練習スタートです」

「そうだった」

「先輩は？」

「僕はずっと受験勉強だよ」

「合間に息抜き、しましょうね」

「息抜きするヒマ、あるかなあ」

「勉強の邪魔はしたくないけど、一日一回はメールくらいしてもいいですか？」

「電話でいいよ。声、聞きたいし」

「……先輩……」

珠里が嬉しそうに笑い、僕の顔を覗き込む。
「家、帰ってからだろ」
そのまま顔を近づけてきた珠里にそう告げた僕の頬はこれ以上ないほど真っ赤になってい
た。
「そうなんですけど……そうなんですけど、我慢できなくなっちゃって」
珠里が切羽詰まった声を上げ、そのまま顔を近づけてくる。
うわあ、どうしよう！
幸い、周囲に人影はない。だが路上でキスするなんて、人目を気にしなさすぎだ。先輩と
してはここは『よそう』と言うべきだろうが、したいという気持ちを抑えることができない。
しちゃおうか。うん、しちゃおう。
一瞬にして気持ちを固め、ぎゅっと目を閉じたそのとき、ちょうど僕らが通り過ぎたばか
りの狭い路地から自転車が飛び出してきた。
「危ないっ」
先に気づいた珠里が、物凄い勢いで坂道を下ってきた自転車を避けようと僕の腕を摑む。
階段状となっている歩道は狭いために並んで歩けず、僕らは車道を歩いていた。自転車は真
っ直ぐに二人へと突っ込んでくる。咄嗟《とっさ》のことでブレーキをかけたらしいが間に合わず、自
転車に乗っていた若い女の人も慌てた顔になっていた。

珠里に腕を引かれ、二人して自転車を避けようとしたそのとき、僕がバランスを崩した。

「うわっ」

後ろ向きに倒れ込む僕につられ、珠里の足もよろける。

「わっ」

互いが互いを支えようとしたのが逆効果となり、僕たちはそのまま——二人硬く抱き合ったまま、坂道を転がり落ちていった。

「わーっ」

「先輩っ」

勢いづいた落下は止めることができず、珠里が僕を庇《かば》うように抱き締めてくれたのを申し訳ないと思った直後、強く頭を打った僕はそのまま気を失ってしまったようだった。

「大丈夫か?」

「おいっ」

頬を叩かれ、身体を揺さぶられて目が覚める。

「……いて……」

全身に感じる痛みを堪え薄く目を開いた僕の視界に、見知らぬおじさんの顔が飛び込んできた。

「転んだのか?　こっちの子も?」

「あ……はい」

すみません、と頭を下げつつ起き上がる。そうだ、珠里は、と『こっちの子』というおじさんの視線を追い、自分のすぐ傍らに横たわる姿を見て僕は思わず、

「うそっ」

と大声を上げてしまった。

「ん……」

その声が耳に届いたのか、珠里が小さく呻き、目を開く。

「大丈夫か？　病院、連れていってやろうか？」

おじさんが心配そうに、僕を、そして珠里を見ながらそう聞いてくれる。が、その親切な申し出に答える気持ちの余裕が僕からも——そしておそらく珠里からも失われていた。

「先輩、大丈夫ですかっ」

目を開いた途端、珠里が高い声を上げ、勢いよく起き上がる。

「あ、あれ？」

甲高いボーイソプラノ。自分の声に驚いたらしい珠里は、続いて己の身体を見下ろし、絶叫した。

「うそだろーっ！」

「やっぱり打ち所が悪かったんじゃないか？　病院、行くか？」

おじさんが尚も心配そうに問いかけてくる。

「だ、大丈夫です。多分………」

答えながら僕は、動揺して自分の顔を手で触りまくっている珠里を見た。珠里もまた僕を見返し、泣き笑いのような顔になったあと、心配そうにしていたおじさんに向かい問いかける。

「……すみません、今、平成何年何月何日ですか?」

「……やっぱり、打ち所、悪かったんだなあ」

ますます心配そうになったおじさんがそう言ったあとに告げた年号は——僕らが二人して階段を転がり落ちたときよりちょうど、一年前のものだった。日付は落ちる前と同じ、クリスマス当日である。

となると僕は二年生の冬休み、珠里は一年生の冬休みということで、僕が最初にタイムスリップしたときから、三ヶ月ほど前に戻った、という状態だと察することができた。

「……まさか僕までタイムスリップするなんて、信じられないですよ」

嘆く珠里の姿はあの、少女と見紛う愛らしい一年生の彼、そのものだった。

「タイムスリップ?」

仰天する声を上げるおじさんに、もう大丈夫ですと告げ、ありがとうございました、と頭を下げる。

「病院、行けよ」

立ち去るおじさんを見送ったあと、ああ、と珠里が切なげに溜め息を漏らした。

「せっかく両想いになったのに、またやり直しかあ」

嘆く声が自分でも高いと思ったのか、珠里が悔しげな顔になり、身長が伸びる以前の華奢《きゃしゃ》な自身の身体を見下ろす。

「やり直し、できてよかった」

彼の嘆きようを前に僕は、顔が笑ってしまうのを抑えられずにいた。珠里の美少年ぶりをからかおうとしたわけじゃなく、本心からほっとしている。それをわかってもらおうと、不満げな顔になった彼に笑いかける。

「前のタイムスリップですっ飛ばしたことになった珠里との時間を、ちゃんと体験できるのが嬉しいなと思ったんだ」

「先輩……」

途端に珠里が嬉しそうな顔になり、僕に抱きついてくる。

「そうか。先輩と倍、思い出を重ねられると思うと僕も嬉しいや。それに」

先輩の受験のためにもよかったです、と続けた彼の背を僕も、力一杯抱き締める。

「待っててください、先輩。一年もしないうちに僕、逞しくなりますんで」

今は腕の中にすっぽりと収まる華奢な身体をした彼が、切実にそう訴えてくる。

「うん、待ってる」

本当に可愛い。そう思いながら僕は珠里の身体を更に強い力で抱き締め、

「なんか、嬉しいんだけど、もどかしいなあ」

と苦笑する彼もまた、僕の背を細いその腕でしっかり抱き締めてくれたのだった。

後日談

「合格、おめでとう！」

珠里《じゅり》の家のリビングで、二人してグラスを合わせる。二人とも未成年なのでグラスの中身はコーラだが、お酒を飲んでもここまではしゃげないのではというくらいに僕たちは二人してはしゃいでいた。

というのも、今日は大学の合格発表の当日で、珠里がめでたく僕の後輩になることが決まったのである。

本来なら珠里は、もっとランクの高い大学を狙《ねら》うこともできた。担任は珠里を相当説得しようとしたそうだが、珠里本人が僕の通う——とは担任にはさすがに言わなかったらしいが——大学一択しか考えていないと突っぱねたのだ。

「もったいない気もするけど、やっぱり嬉《うれ》しいな」

珠里なら東大だろうが京大だろうが軽く狙えたのに。申し訳なく思う反面、来月から同じキャンパスに通うことができると思うとやはり嬉しくてたまらない。そう言うと珠里もまた、心から嬉しそうに笑い、僕に頷《うなず》いてみせた。

「僕も本当に嬉しいです！　しかも、大学生になったら先輩と一緒に暮らせるんです！　もう、夢のようですよ」

「……うん……」

そう、珠里とは、彼が大学に合格したら、一緒に大学近くにアパートを借りようと約束していた。既に両親の許可はお互いとっている。

そしてもう一つ、合格と同時に、珠里と約束していたことがあった。それを果たすために僕は今日、珠里の家を訪れたのだ。

その約束というのが――。

「先輩、僕、合格しました」

グラスをテーブルに下ろし、珠里が、改まった顔で僕に話しかけてくる。

「……うん」

僕もグラスをテーブルに起き、珠里と向かい合った。

「約束、覚えてますよね？」

珠里の手が伸び、僕の両肩を摑《つか》む。

「勿論」

頷き、珠里を見返しながら僕はずっと思っていた言葉を口にした。

「待ってた。正直、合格を待つより前に……とも思っていたし」

「だって、先輩に夢中になったせいで受験に失敗したら、目も当てられないじゃないですか」

口を尖《とが》らせる仕草は可愛いが、珠里の外見はますます男らしく、逞《たくま》しくなっている。きっと大学でもモテまくるんだろうな、と思うと非常に面白くない。

「……我慢、したんだぞ」

年が明けてからはキスも禁止となった。キスすると次に進みたくなるに決まっている。だから、キスも我慢する。珠里にそう言われては、彼の合格を祈る身としては承諾するしかなかったのだ。

物凄い精神力だと感心したものの、僕はすっかり欲求不満になっていた。

『欲求不満』なんていうと生々しいか、と自分の思考に頬を赤らめた、その頬に珠里の指先を感じ、はっとしていつの間にか浸ってしまっていた思考の世界から戻ってきた。

「長かったです……二年間」

感慨深くそう言い、珠里が僕の頬を両手で包む。

「キス……したい。そしてもっと先の段階にも進みたい」

思い詰めたようにそう告げた珠里に僕は、勿論いいよ、と頷いた。

「僕も……僕もずっと、待ってたから。待ち侘《わ》びていたから」

本心だった。なのでするりと口から出たが、言ってしまってから、なんて恥ずかしい発言を、と改めて頬を赤らめた。

「先輩……」

呼びかけながら珠里が僕に顔を近づけてくる。

「……先輩じゃなくて、できれば名前で……」

呼んでほしい。最後まで言うより前に珠里は僕の言いたいことを読んでくれた。

「……知希《ともき》……」

心から愛《いと》しいと思ってくれているような珠里の声音に、どき、と胸が高鳴る。

「……珠里……」

名前を呼び合うことがこうもときめくものだったとは。震える指先を珠里の背に回し、ぎゅっと抱き締める。

「知希、抱いても……いいよね」

珠里の上擦った声がし、僕の頬を包む手に力がこもる。

「うん」

この日を待っていた。大きく頷き、目を閉じる。ごくり、と珠里が唾を飲み込んだ音がした直後、彼の唇を唇に感じた。

キスは今まで——年が明けるまでに、何度も体験していた。が、久々であるからか、珠里のキスは今までに増して切羽詰まっていた。

がっつく、という言葉がぴったりの貪《むさぼ》るような口づけに、早くも鼓動が跳ね上がり、身体《からだ》が震えてくる。

ぶるぶると震えるその身体をしっかりと抱き締めてくれながら、珠里が僕の唇を貪り続ける。きつく舌をからめとられ、吸い上げられるその刺激に、堪《たま》らない気持ちが募り、僕は珠里に縋《すが》り付いた。

「ベッドに……いきましょう……」

唇を僅《わず》かに離し、珠里が囁《ささや》いてくる。答えるかわりに僕は彼の背に回した腕に、ぐっと力を込めたのだった。

珠里の部屋には今までも何度か通されたことがあった。が、今日彼の部屋を訪れることには、特別な思いがあった。

「……なんか、あからさまですみません」

珠里が恥じらったように告げたのは、彼のベッドのシーツがぴん、と張っていたからじゃないかと思う。

いかにも洗濯したてです、というぱりっとしたシーツと、珠里の恥ずかしそうな顔に思わず笑ってしまう。

笑ったのは照れ隠しもあった。珠里はそのあたり、正確に把握しているようで、彼もまた

微笑《ほほえ》み僕を抱き締めてくる。

「どうしよう……服、脱がせたほうがいいですか？　それぞれに脱ぎましょうか」

問いかけてきた珠里は余裕のかけらもないようだった。僕もまた、余裕などあるはずもない。

「それぞれ……脱ごうか」

珠里に服を脱がされている自分を想像すると、恥ずかしくて堪らない気持ちになった。それでそう答えると珠里は、

「わかりました」

と頷き、自ら服を脱ぎ始めた。僕もまた、自分で服を脱ぐ。

ちら、と珠里を見ると、彼はもう全裸になっていた。彼の雄が既に勃ちかけていることに気づき、そういやはじめてこの状態は見る、と思わず凝視しそうになった。

陸上部も勿論合宿はあるから、一緒に風呂に入ったことは何度もある。だが当然ながらそういうとき、珠里の雄は勃起してはなかった。僕も勿論していない。

やはり当然ながら入浴時に勃起している部員などいないので、他人の勃起したペニスを見たことなど一度もない。

なので珠里の雄の立派さに目を奪われてしまっていたのだが、視線を感じた珠里は恥ずかしそうに微笑み、僕に脱衣を促してきた。

「……うん……」

頷き、最後に残していたパンツを脱ぐ。僕の雄も勃ちかけていたが、太さは珠里とは比べものにならなかった。

同じ男としてちょっと恥ずかしい。でも、その羞恥は珠里の感極まった声により霧消していった。

「……知希、綺麗です」

「綺麗じゃないよ」

ちっとも、と苦笑した僕の前に、それこそギリシャ彫像のように『綺麗』な身体の持ち主である珠里が立ち、肩に手を置いて僕の顔を見下ろしてくる。

「綺麗です……もう、我慢できません」

「……僕も、我慢できないよ」

言ったと同時に珠里が、うわ、というような顔になった。次の瞬間、僕は珠里にベッドに押し倒されていた。

「知希……っ」

僕の名を呼びながら珠里が、裸の胸に顔を埋《うず》めてくる。乳首を口に含まれた段階でもう、うわあ、と声を上げそうになったが、動揺するより行為に集中しよう、と珠里の背を抱き締めた。

「ん……っ……んん……っ」

恥ずかしながら僕には女の子との経験もなかった。体格からしてなんとなく、僕が女役をするのかなと考えてはいた。でも逆もあるかも、と、ネットや本で『やり方』を一応調べてもいたのだが、紙やWEBで得た知識は頭からすっ飛んでしまい、ただただ、珠里にされるがまま、身を任せてしまっていた。

珠里の唇が右の乳首を含み、ちゅう、と強く吸い上げられる。左の乳首は彼の繊細な指で摘《つ》ままれ、時に、きゅっと強く捻《ひね》られた。間断なく両方の乳首を攻められるうちに、鼓動が早鐘のように脈打ち、息が上がってくる。

「や……っ……あっ……あ……っ」

口からは堪えきれない声が漏れはじめてしまったが、その声がなんというか、AVの女優さんみたいで、自分がそんな声を発しているかと思うと恥ずかしくてたまらない。

恥ずかしいのは声だけじゃない。胸を弄《いじ》られるうちに、すっかり雄が勃ちきり、今にも達しそうになっていることもまた恥ずかしかった。

早漏——そんな単語が頭に浮かぶ。珠里の雄も勃っていたけれど、彼が達しそうな気配はない。僕だけ先に、しかも胸を吸われたり抓《つね》られたりしただけでいってしまうのはどうなんだと、必死に射精を堪えるのに、我慢しようとすればするほど雄はドクドクと脈打ち、透明な液が次々先端から零れていってしまう。

「ちょ、ちょっと……っ」

タイム。少しだけ待ってほしい。そう伝えたくて、乳首をきゅうっと抓り上げる珠里の手を上から摑む。

「……なに……？」

珠里が顔を上げ、僕を見た。彼の唇が唾液《だえき》で濡れ光っている。潤んだ瞳といい、紅潮した頰といい、なんてエロティックな顔だ、と思った瞬間、また、雄がどくん、と大きく脈打った。

「もう……でちゃうから……っ」

いよいよいきそうだ。我ながら切羽詰まった声で告げると、珠里が一瞬、ぽかんとした表情になり、まじまじと僕を見つめてきた。

「……あ……」

彼の表情を見て僕は、自分の発言がとてつもなく恥ずかしいものだということにようやく気づき、なんとか言い訳しようと口を開いた。

「そ、その、ええと、ち、違うんだ。その、今の、なしっていうか……」

何も違わないのだが、聞かなかったことにはしてほしくて言葉を探す僕を見つめながら、珠里が目を細めて微笑み首を横に振ってみせる。

「知希の今の台詞《せりふ》だけで、僕がいきそうになった」

「……珠里……」

ほら、と少し身体を起こした珠里が、自分の雄を見せてくれる。彼の雄もまた勃ちきり、先走りの液を滴らせているのを見た僕の喉が、ごくりと鳴った。

生唾を飲み込む。欲しくてたまらないものが目の前にあるときの表現だ。今の僕の状態ってことなんじゃないかと尚も雄を見つめていると、珠里の照れたような声が響いてきた。

「そんなに見られると、ほんとにいっちゃいますよ」

「………」

僕の発言も恥ずかしかったが、珠里も相当恥ずかしいことを言っていると思う。そう言おうとして僕は、もしかしてわざとかな、と気づき彼を見上げた。

恥ずかしがる僕に気を遣い、自分も敢《あ》えて恥ずかしい言葉を口にしてくれているんだろう。優しいな、と感激すると同時に、また、どくん、と雄が脈打ち、たらたらと先走りの液が滴る。

「……一度、出しましょうか」

珠里がそう言ったかと思うと、僕の雄へと手を伸ばし、軽く握ってきた。

「や……っ」

堪らず声を漏らした僕に微笑みかけながら、珠里が勢いよく雄を扱《しご》き上げる。

「あーっ」

直接的な刺激に耐えられるわけもなく、あっという間に僕は達し、白濁した液を珠里の手の中に飛ばしてしまった。

「ん……っ」

びく、びく、と、達したばかりの身体が震える。と、珠里が僕の太腿《ふともも》を摑み、脚を広げさせようとしたので、もしかして、といつしか閉じてしまっていた目を開き彼を見た。

「……いい、かな」

珠里が掠《かす》れた声で問いかけてくる。彼が何に対し許諾を求めているかはすぐわかったので、僕は、勿論いいよ、と頷いた。

ごく、と今度は珠里が唾を飲み込み、僕の精液に濡れたままになっていた手で脚を更に広げさせると、尻の肉を摑み露《あら》わにした後ろに指をゆっくり挿入し始めた。

「…………」

気持ちが悪い。正直な感想はそれだった。でも、

「大丈夫？」

と珠里が心配そうに問いかけてきたときには、大丈夫、と首を縦に振っていた。

「痛かったら言ってくださいね」

珠里が尚も心配そうにそう声をかけてくれながら、中を指でゆっくりとかき回す。

「……ん……っ？」

違和感しか覚えていなかったというのに、あるところを触られた瞬間、なんともいえないおかしな感覚が芽生えた。

身体がふわっと宙に浮いたような、そんな感じで、唇から声が漏れてしまう。

「ここ、ですね」

珠里はほっとした顔になると、その部分を重点的に指でまさぐりはじめた。

「や……っ……ん……っ……」

ぞわぞわとした感覚が腰から這《は》い上り、もどかしいとしかいいようのない思いが胸に満ちてくる。

自然と腰が捩《よじ》れてしまうのを堪えることができなくなった。再び鼓動が速まり、息が上がってくる。

肌にはびっしりと汗が浮き、全身が火傷《やけど》しそうなほど熱く火照《ほて》る。気づけばさっき達したばかりだというのに僕の雄は勃ちきり、珠里が指でそこを刺激するたび、ぴゅ、と透明な液を吐き出していた。

珠里が指の本数を増やす。二本目を挿入されたときには幾許《いくばく》かの違和感を覚えたが、三本目が挿入されたときには違和感どころか、新たな指の挿入を後ろが待ち侘びている、そんな気持ちになっていた。

「あっ……あぁ……っ……あ……っ」

自分が自分じゃないような、変な感じだった。さっき珠里の手でいかされたときも、自慰とはまったく違う快感に我を忘れたが、そのときよりも更に大きな快楽に見舞われ、何がなんだかわからなくなっている。

「あっ」

後ろから指が抜かれたのがわかったのは、その指を追うように自分の後ろがひくひくと、まるで壊れてしまったかのように蠢《うごめ》いたためだった。

何かを待ち侘びるその動き――『何か』がなんであるか、答えは勿論出ていた。

「じゅり……っ」

呼びかけた僕の両脚を珠里が抱え上げる。

「知希……好きだよ」

見上げた珠里は泣きそうな顔をしていた。その顔を見て僕の胸もいっぱいになる。

「一つに……なろうね」

珠里がそう告げ、後ろに雄の先端を宛《あて》がう。ずぶ、とそれが入ってきたとき、指とは比べものにならない太さに、一瞬僕の身体は強張《こわば》った。

「大丈夫？」

眉を顰《ひそ》めたからだろう、珠里が動きを止め心配そうに問いかけてくる。

「……うん……」

大丈夫。頷いたが珠里はなかなか腰を進めようとしなかった。

「大丈夫だよ」

早く一つになりたい。珠里にも気持ちよくなってほしい。その願いが僕に勇気を与えた。

はあ、と大きく息を吐き出し、身体から力を抜く。

「大丈夫だから」

珠里に繰り返しそう言うと、珠里はますます泣きそうな顔になり「うん」と小さく頷いた。

「痛かったら言ってね」

そう言い、改めて僕の両脚を抱え直すと、ゆっくり腰を進めてくる。

「ん……」

違和感はあったが痛みはなかった。ゆっくり、ゆっくり珠里が僕の中に挿ってくる。やがて二人の下肢が、ぴた、と重なり、僕たちは一つになれたのだと察した僕は珠里を見上げた。

珠里もまた僕を見下ろし、にこ、と笑う。

「……ひとつに……なったね」

嬉しくて嬉しくて、珠里にその想いを伝えようと告げた瞬間、胸が熱く滾《たぎ》り一筋の涙が目尻を伝って流れ落ちた。

「……もう……死んでもいい……」

珠里もまた泣いていた。綺麗な涙がぽろぽろと彼の目から零れ落ちている。

「馬鹿……」

死んだらもう、抱き合えないじゃないか。からかおうとしたが声が涙に掠れてしまって、逆にいたわられてしまった。

「泣かないで？」

「珠里だって」

二人して泣き笑いの顔を見合わせたあと、珠里が僕の片脚を離して涙を拭《ぬぐ》うと、

「いくよ」

と声をかけてきた。

「ん……」

頷き、珠里の背を両手両脚で抱き寄せる。珠里は一瞬だけ、また泣きそうな顔になったがすぐ、うん、と小さく頷くと、背を回して脚を解《ほど》かせ、改めて腿に腕を回して抱え直してから腰の律動を開始した。

「あ……っ……あっ……」

律動のスピードが次第に上がるにつれ、奥深いところに珠里の雄が突き立てられるのがわかる。

珠里の逞しい雄が抜き差しされるたび、内壁が亀頭に擦られ摩擦熱が生まれる。その熱が全身に回るのに時間はかからなかった。

「あっ……はぁ……っ……あっあっあーっ」

体感したことのない、そして大きすぎる快楽に、頭の中が真っ白になった。聞こえるのは自分の喘《あえ》ぎと、耳鳴りのように頭の中で響く鼓動の音、それに二人の下肢がぶつかり合うときにパンパンと響く高い音のみで、自分が今、どこにいるのか等、まったくわからなくなる。

わかるのはただ、快感を共有している相手が誰より愛しく思う相手だと——珠里であることだけだったけれど、それさえわかっていればきっと、なんの問題もないに違いない。

「あぁっ……もうっ……あっあっあーっ」

突き上げが激しくなるにつれ、いつの間にか閉じていた瞼《まぶた》の裏側で極彩色の花火が何発も上がった。

喘《あえ》ぎすぎて息が苦しく、意識が朦朧《もうろう》となってくる。もう、だめだ、と首を横に振っていた僕は、勃ちきった雄を握られ、はっと我に返った。

「……あ……」

「一緒にいきましょう」

息を乱しながら珠里がそう告げ、律動の勢いはそのままに握った僕の雄を一気に扱き上げる。

「アーッ」

すぐに達した僕の声と、

「くぅ……っ」

切なげな珠里の声が重なって響いた直後、後ろにずしりとした精液の重さを覚えた。

「…………幸せ……です」

はあはあと息を乱しながら珠里が、ゆっくりと僕に覆い被さってくる。

「……僕も……」

言い返した唇を珠里の唇が塞《ふさ》いだ。息苦しさを覚えさせないように、細かいキスを何度も
何度も落としてくれる珠里の背を、僕は両手両脚で抱き締める。

「知希、好きだよ……」

珠里が掠れた声で囁き、ちゅ、と唇を塞いだ。

「僕も……大好き……」

乱れる息の下、なんとか自分の思いを言葉にし、珠里に伝える。

「幸せになりましょう」

珠里に言われた言葉はそのまま、僕の願いだった。

「うん」

頷き、珠里の身体を抱き締める僕を、珠里もまたきつく抱き締めてくれる。

そうして僕たちは汗ばむ身体を抱き締め合ったまま、胸一杯の幸福感を互いに共有し合うことでより大きく感じる幸せに暫《しば》し酔った。

「本当に……夢みたいです」

あれから二人して二回ずつ達しあったあと、ベッドの中で僕をしっかり抱き締めながら珠里が言葉通り夢見心地で囁いてきた。

「夢じゃないよ」

言い切ってから、急に不安になり逆に珠里に問いかける。

「夢じゃない……よな？」

「夢じゃありません。僕たちはちゃんとこの二年、年月を積み重ねてきたじゃないですか」

「……そうだよな」

珠里の言うとおり、タイムスリップしたあとの二年間、僕と珠里は一度経験した時間を共に歩んできた。

決まっていたはずの未来は僅かではあったが変わった。原田《はらだ》先輩への思いは醒《さ》めていたので、先輩の卒業式のリハーサルの日、彼を裏庭に呼び出しはしなかった。

僕は告白しなかったが、卒業を機に先輩に思いをぶつけた後輩や同輩は沢山いたようだ。

先輩の『来る者は拒まず』精神は遺憾なく発揮され、その後、陸上部内での三つ股《また》が発覚し、修羅場状態となった挙げ句、先輩は陸上部に出入り禁止となった。

僕と珠里は、過去にタイムスリップしたあとに部内で『付き合っている』と珠里が宣言し、その後は陸上部内で僕らは公認の恋人同士になった。

おかげで未だにOBとして陸上部を訪れると、『珠里の恋人』扱いされる。珠里は珠里で皆から『高柳《たかやなぎ》先輩の彼氏』という扱いだったそうだ。

「充実した二年間でした。でも、もう繰り返さなくていいかな」

珠里が微笑み、僕の額に唇を押し当てるようなキスをする。

「裏門の坂道にはもう、近づくのはやめましょうね」

「そうだな」

確かにそのとおり、と同意したものの僕は、万が一にもまたタイムスリップをすることになっても、珠里と気持ちが通じ合ったという事実はリセットされることはないだろうという確信を胸に、逞しい彼の背をしっかりと抱き締めたのだった。

あとがき

はじめまして＆こんにちは。愁堂れなです。

このたびは四十七冊目のルチル文庫『恋するタイムトラベラー』をお手にとって下さり、本当にどうもありがとうございました。

久々の学園ものとなりました。そしておそらくはじめてのタイムスリップものです。とても楽しみながら書かせていただきましたので、皆様にも少しでも楽しんでいただけるといいなとお祈りしています。

イラストの花小蒔朔衣先生、可愛い知希を、やはり可愛い珠里とそしてかっこいい珠里を、さわやか？　イケメン原田先輩を、本当に素敵に描いてくださり、どうもありがとうございました。

三者三様の学ラン姿に萌えました！

またこのたびも大変お世話になりました担当のO様をはじめ、本書発行に携わってくださいましたすべての皆様に、この場をお借り致しまして心より御礼申し上げます。

タイムスリップものは、漫画にも映画にも多々ありますが、個人的に一番印象に残っているのは、漫画だったらやっぱり『王家の紋章』、映画は『バック・トゥ・ザ・フューチャー』

の一作目です。

『王家の紋章』は小学生のときに初めて読んだのですが、もし私が古代エジプトにタイムスリップしちゃっても、鉄の剣なんて絶対作れない……と、かなり真剣に悩んだ記憶があります（笑）。

それ以前に金色の髪も王に見初められるような美貌も持っちゃいないことに、幼い私はなぜ気づかなかったのでしょう。

『バック・トゥ・ザ・フューチャー』は、最後のオチが大好きでした。

ああいうお話を書きたいな、と考えていて、デビュー直後にバブルの世界にタイムスリップ！　というプロットを立てたんですが、日の目を見ないまま月日が経ってしまい、お蔵入りとなっています。

どんなプロットだったかというと、バブル崩壊で会社が倒産、社長が命を断とうとするのを目の前にした新入社員がバブル期にタイムスリップ、バブルに浮かれる当時の社長（若き日の）に、未来から来たことを隠しつつ、堅実経営を勧めるうちに恋に落ちる、みたいな話で、新入社員が現代に戻ったあとは会社は倒産しておらず、社長（随分年上）とも恋人同士になっていた……というオチでした。

今それを書こうとすると、バブル期はゆうに二十年以上前、当時二十代の社長も今では五十オーバー……となると新入社員とはダブルスコア？　と、年令差に無理が出てきてしまい、それでお蔵入りとなったのでした。

二十一世紀になったばかりの時代設定にしたら書けるかも、と今気づいたので、そのうちに楽しかったバブルの思い出を織り交ぜつつ、執筆したいです。

タイムスリップは、これをやったせいで歴史が少しだけ変わっちゃった、みたいなところが面白いですよね。

某作のように古代人が未来を知ったおかげで、戻ったもとの時代がちょっと変わるというのも面白いし、また機会があったらタイムスリップもの、チャレンジしてみたいです。

今回はちょっと小規模？　なタイムスリップものとなりましたが、いかがでしたでしょうか。

お読みになられたご感想をお聞かせいただけると嬉しいです。何卒宜しくお願い申し上げます。

次のルチル文庫様でのお仕事は、来年文庫を発行していただける予定です。本作がルチル文庫様での四十七冊目なので、間もなく五十冊を迎えます。

こんなにたくさん一つのレーベルで書かせていただけるのも、いつも応援してくださる皆様のおかげです。本当にどうもありがとうございます。

来年もシリーズものや復刊、それに単発ものと、いろいろと書かせていただける予定ですので、どうぞお楽しみに。

また皆様にお目にかかれますことを、切にお祈りしています。

平成二十五年十月吉日

愁堂れな

(公式サイト『シャインズ』http://www.r-shuhdoh.com/)

✦初出　恋するタイムトラベラー……………書き下ろし
後日談……………………………………書き下ろし

愁堂れな先生、花小蒔朔衣先生へのお便り、本作品に関するご意見、ご感想などは
〒151-0051 東京都渋谷区千駄ヶ谷 4-9-7
幻冬舎コミックス　ルチル文庫「恋するタイムトラベラー」係まで。

幻冬舎ルチル文庫

恋するタイムトラベラー

2013年11月20日　第1刷発行

✦著者　愁堂れな　しゅうどう れな

✦発行人　伊藤嘉彦

✦発行元　株式会社 幻冬舎コミックス
〒151-0051 東京都渋谷区千駄ヶ谷 4-9-7
電話 03(5411)6431［編集］

✦発売元　株式会社 幻冬舎
〒151-0051 東京都渋谷区千駄ヶ谷 4-9-7
電話 03(5411)6222［営業］
振替 00120-8-767643

✦印刷・製本所　中央精版印刷株式会社

✦検印廃止

ISBN978-4-344-82974-9　C0193　Printed in Japan

「幻冬舎ルチル文庫」

大好評発売中

発行●幻冬舎コミックス　発売●幻冬舎

「幻冬舎ルチル文庫」

大好評発売中

発行● 幻冬舎コミックス　発売● 幻冬舎